[新]詩論・エッセイ文庫㉗

歌の翼に

池田瑛子

土曜美術社出版販売

[新]詩論・エッセイ文庫27

歌の翼に＊目次

Ⅰ

忘れえぬ街　11
雪山の夕映え　17
父の贈り物　20
みくりが池　28
転ぶ音符　31
蓮池　36
「こられ」　40
三半規管よ　46
温胎の時間　48
息づく四季と暮らし　53
思索の厳しさ知る旅　59
薄羽蜉蝣　64
越中おわら節　67
節子さんの手仕事　70

近代巨匠絵画展を見て　72
女体の深さに酔う　76
海の耳へ　80
坂道の恵み　83
黒部川　86
出会いの神秘　89
トロッコ電車　92
歌の翼をもらって　99

Ⅱ

螢の庭　107
母の日記　113
浜昼顔　120
富山湾の海辺から　122
寝息　131
母を呼ぶ母の声　133

遠い朝 139
老いた梅の木 141
雪化粧 145
器量よし 149
ラスヴェガス 153
秋の椅子 155
花火 158
黒部の春 163
小さな生命 165
かたくりの花 167
良子さんの讃美歌 170
青の曲線 172
解析 176
故郷の魔力 178
過去の駅から 182
先生の毒舌 188

父と火鉢　192
三八の豪雪　199
桐の木　201
踏切　204
母の月　206
匂い立つ木々　208
詩集『星表の地図』のこと　210
歌曲集『月色の舟』　213

＊

「禱」あとがきより　223

初出一覧　232
詩篇目次　234
あとがき　236

歌の翼に

I

忘れえぬ街

日に一度はテレビの画面に出てくる渋谷スクランブル交差点。コロナ感染症の発症人数と共に。マスクをした大勢の人々が行き交う。

この交差点から宮益坂を上って右折したところにかつて青山学院大学女子寮があった。昭和三十二（一九五七）年から四年間そこで過ごした。東急文化会館が出来たばかりの頃でプラネタリウムや映画館の贅沢なシートが嬉しかった。渋谷駅前に大盛堂書店、フルーツパーラー西村があった。

木立のなかの木造二階建ての寮。六畳の和室に二人。寮母の山田初枝先生と寮生九十人。門限八時、消灯十一時。学院への大通りへ出る角、交番の向かい側に詩集の古書店「中村書店」があった。背表紙を見ているだけでもよかった。拙詩集『星表の地図』の「帰ってきた『獨樂』」はこの書店で求めた高野喜久雄詩集『獨樂』（一九五七年　中村書店）である。

中村書店はこの詩集の版元でもあった。

同じ釜のめしの寮生は遠く離れていても川をのぼる鮭のように心が今はない寮へと帰ってゆく。

二〇一八年十一月。渋谷、Ｂｕｎｋａｍｕｒａザ・ミュージアムで開催された「ロマンティック・ロシア」展は忘れられない記憶となった。

その夏、大伴家持生誕一三〇〇年記念式典が富山県民会館ホールで開催され、高志の国文学館と富山県が創設した大伴家持文学賞（第一回）がアイルランドの詩人マイケル・ロングリー氏に贈呈された。パネルディスカッション「世界の詩歌　日本の詩歌」では、ロングリー氏の詩の魅力や人はなぜ詩を必要とするのかなどが語られ、選考委員で東京大学名誉教授松浦寿輝氏は「詩は一種のお守り、自分の中にとどまり続け時折記憶の中から呼び起こされて私たちを励ましてくれる。万葉歌人のなかでは繊細で陰りがある家持が一番好き」と話され、選考委員でコーディネーターの名古屋外国語大学学長亀山郁夫氏は「家持は歌に優しさが表れ、現代人の弱り切った心をそっと慰めてくれる」と応じられ、最後にロシア語の詩を朗誦された。私はロシア語を全く知らないのにその声と響きに、美しい音楽のように打たれた。

ゆうがた、ホテルでの祝賀会で初めて亀山郁夫氏にお会いした。「どんな詩を書いているの？」と尋ねられた。後日、読んではもらえないと思いながら詩集をお送りするとすぐにメールを頂いた。今、依頼されている国立トレチャコフ美術館所蔵作品の「ロマンティック・ロシア」展の序文に池田さんの一行をエピグラフとして使わしてもらうとあり、とても驚いた。どの一行ですか、とお聞きする勇気はなかった。お気持ちが変わられたかも知れないと思っていた。

それでもイワン・クラムスコイの《忘れえぬ女《ひと》》やシーシキンの絵を是非見たいとオープンの勤労感謝の日に夫と出かけた。「ロマンティック・ロシア」展は大勢の人々で混みあっていた。ロシアの大地、風景、イワン・シーシキン、イリア・レーピン、クラムスコイなどの絵に見入り感動していた。帰りに図録を買いホテルへの途中デパートのめがね売り場に寄った。待っている間に豪華な図録を開いて声を上げそうになった。亀山郁夫氏の熱く胸に沁みるエッセー「黄金のロシアに、われも、あり」にヨシフ・ブロツキーの「生命は、丘、また丘」の詩行と並んで恥ずかしそうに「黄昏は、神の睫毛」の一行が載っていた。それは詩を書き始めた二十代の詩「黄昏」の書き出しの実際は二行。拙い詩に半世紀余りも過ぎて訪れた僥倖だった。忘れえぬ日となった。

帰ってきた『獨樂』

会が終わると
待っていた一人の女性から
ブーケと詩集を渡された
懐しい高野喜久雄詩集『獨樂』だった
ほっそりした可憐な娘さんとお母さん
我が家を訪ねてこられたことがあった
あれから四十年が過ぎたという
詩集を貸してあげたことも忘れていた
薄い和紙に包まれた詩集は
赤茶けてぼろぼろ　いまにも崩れそう
取り出して　表紙をめくったら
溜息をつくように　ちぎれた
長い旅から帰って安堵したのだろうか

渋谷の宮益坂
大学女子寮の近くにあったから
詩集専門の中村書店へよく通った
中村書店が発行した唯一の本だ
黒い表紙に垂直に立つ独楽の断面図
裏表紙には回る独楽を真上から見た
白い四重の円

如何なる慈愛
如何なる孤独によっても
お前は立ちつくすことが出来ぬ*

独りで立つことができぬまま
歳月は過ぎてしまった
思いもかけない方角からも

見えない手に投げられ
なにひとつ確かなことを記さないまま
回る渦に運ばれて

＊　高野喜久雄の詩「獨樂」より。

雪山の夕映え

　ひとはなぜ夕陽に惹かれるのだろう。五、六年前だったろうか、ゴリラがじっと落日を見詰めている写真をみたことがある。その孤独な表情が忘れ難い。人間は生まれる前から夕陽に魅入られていたのだと深く納得する思いだった。その記事は確かにファイルしたのだが、なんど捜しても見つからない。どこかあのあたりのクリアファイルにと雑然とした部屋をためいきまじりに眺めている。

　海辺の町のわが家から立山が見える。マイカーで富山市へ出かけるとき、好きな田圃《たんぼ》の道を通ると立山連峰はちょうど真正面にひろがる。むかし、高校まで富山市の学校に通っていた。その頃はローカル線の射水《いみず》線の電車が走っていて四方《よかた》駅から終点の新富山駅まで、窓からいつも立山が見えた。帰りは左側に田園のはてに沈む夕陽、右側に夕陽に染められてゆく立山が連なる。見るたびに心奪われるのだった。とりわけ一月、二月の晴れた日の白銀の山脈《やまなみ》は一瞬ごとに、山々の襞に夕映えが移ってゆき、疼くように心に沁みた。詩を書き始めたのは遅かった。第一詩集の『風の祈り』（一九六三年　詩苑社）の「黄昏」にあの頃見ていた立山が夕映えている。

黄昏

黄昏は
神様の睫毛

噴きあがる血を背に
ヒマラヤ杉はするどく孤独に耐え
山脈の雪は
あなたのまなざしにふれて照り映える

翳りは余韻のように

つたわって
ああ
美しい罠のような
落日

父の贈り物

海辺の小さな町に住んでいる。生家は車で十五分ぐらいのY町にあり、週末の我が家なのだが、現実は忙しくて思うように行けない。母や父の気配を感じる家は昔のままなので、入ってゆく時は「お母さん　来ましたよー」などと独り言をいっている。庭が好きだった父。いつも縁側で庭を眺めていた。床の間には父のお気に入りの白雨の軸「蓮と白鷺」が掛かっている。

一昨年、六月、新聞を読んでいて目に飛び込んできた「濱谷《はまや》白雨《はくう》没後五十年展」の記事。場所は国立市の「ギャラリー国立」とある。一八八六年富山市生まれ。若き日に横山大観に認められるなど将来を嘱望されながら孤高の道を選んだ日本画家、没後五十年の今年、「作品は時代を超えた価値がある」と孫たち親族が開催したとあり、「無名で終わっても、父は祖父をずっと尊敬していた。その思いを遂げたかった」と孫の根橋麻利さんの言葉も載っていた。実家の床の間には子供の頃から濱谷白雨の軸が掛けられていたので驚いた。初めてお孫さんの麻希さんと連絡がつき私の家に白雨さんの軸が何本もあると伝えた。お孫さんは麻希、麻利、麻美さんの三つ子さんだった。お父様の知也氏には昔、富山で濱谷白雨展があった時、お目にかかったことがあるが亡くなられていた。麻利さんは詩が好きなことも不思議だった。去年の秋、麻希さん麻利さんが富山へいらしたので実家で白雨さんの軸をお見せした。二人は床の間の「躍る布袋」や座敷に広げた掛け軸「蓮と白鷺」「瀧」などを写真に撮り、私たちは親戚のような雰囲気でひとときを過ごした。庭に十数羽の青い翅の鳥たちがきて水鉢や木々を飛び舞って思わず縁側へ出て見た。鳥はよく来るけれど一度に十数羽は珍しい。

私の記憶は朧だが、姉は「髭の白雨さんとお父さんは仲良かった。よく家でお酒を飲まれた」といい、ロサンゼルスの妹は五歳も年下なのに「よく覚えている、お父さんと一緒にNさんの二階へ絵を描いている白雨さんを見に行った」という。末っ子の妹を溺愛していた父はどこへでも連れ歩いた。白雨さんは五十歳の時、家族を東京に残し富山市に転居された。その頃に父たちと交流があったのである。気韻生動と評された白雨さんの絵と人柄を心から愛し尊敬しお酒を酌み交わした亡き父がくれた嬉しい出会いだった。後日、お手紙と詩が届いた。

白鷺の慶事

根橋麻利

穏やかな秋の日　富山へ
海辺の小さな町
初めて訪ねる祖父の故郷

無名だった日本画家
祖父の絵を愛してくれたひとの家

手入れされた松
端正な庭　つくばい　石灯籠
柔らかな陽が差しこむ旧家の床の間に
祖父の絵はあった

躍る布袋　白い滝　蓮の花に白鷺

初めて間近に見る
画集に載っていた三幅の掛軸
品の良い表装　色褪せぬ色彩
蓮と白鷺の絵の中に描かれた水葵は
祖父が写生に通った小石川植物園にあり
習作に残されたモチーフ
お気に入りの青
ここには紛れもなく祖父がいる
不思議な温かさを感じながら
不意に胸が熱くなり涙がこぼれた
それは慶びの感覚だった
何故？
祖父か父が来て喜んでいるのだろうか？
いいえ　違う

絵の中の白鷺がわたしに伝えに来たのだ
この家にいることがとても幸せだと
この家にいて　ずっとずっと幸せだったと

祖父の絵を愛してくれたひとの家

白鷺が輿入れて　もう六十五年

小春日和のこの佳き日を祝うように
羽の先の青い鳥が
庭先から一斉に飛び立った

躍る布袋

池田瑛子

夏になると掛けられる

白雨*の「躍る布袋」の軸は
いまも実家の座敷に掛けてある

駆ける馬に跨って
両手をあげ躍っている布袋の豪快な絵だ
手前には重そうな袋
父の会社はホテイ製薬だった
もしかしたら父が依頼したものだろうか
白雨とその絵を愛していた
枯れた筆跡の白雨の言葉が添えられている
わたしに読める文字は
　七福神　御食料
トラホームにかかり失明の不安に悩んだ時期
老荘の教えに傾倒し
寒山の詩集をすべて書写し
良寛禅師の文字を必死に学んだという

手術して視力は回復し絵を描き続けたが
東京に家族をおいて
郷里の富山で仙人のように暮らした

孤高の日本画家
濱谷白雨展の記事が目に止まった
「無名で終わっても　父は祖父をずっと尊敬していた
その思いを遂げたかった」と
白雨の孫である麻希さん麻利さんたちが企画されたという
濱谷白雨没後五十年展の記事は
一度も会ったことのなかった親族とわたしを繋いだ

次の年の秋　小春日和の日にわたしたちは
六十五年余り前（昭和二十年代）
白雨と父がたびたびお酒を酌み交わした
同じお座敷に白雨の軸

「白鷺と蓮」「瀧」「躍る布袋」をひろげ
遠い親戚のように集まった

そのとき　庭に十数羽の羽の青い鳥たちが
急に集まり木々や水鉢にぱたぱたと羽搏き
驚いてわたしたちは縁側にでてみた
あれは亡くなった人たちだったろうか

磁石に吸い寄せられる砂鉄のように
うずたかい歳月の砂礫から
白雨の絵に魅せられてきた
こころが集まる

＊　濱谷白雨　一八八六（明治十九）年、富山市四方町に生まれる。東京美術学校（現東京芸術大）を卒業した翌年、文部省美術展覧会（現在の日展）に初出品した作品が入選。横山大観から創設間もない日本美術院展覧会（院展）への参加を誘われたが組織に縛られるのを嫌い、表舞台から姿を消した。

みくりが池

数年前、県広報「とやま」の見開きの写真のページに詩を添える仕事を交代でさせていただいたことがあった。十一月号分として送られてきたスナップが「みくりが池」であった。

ちょうど立山を見たいという日本画家加藤登美子《かとうとみこ》さん（前田青邨塾《まえだせいそん》）とみくりが池のある室堂まで行くことが決まった後であった。不思議な一致に驚いた。山に呼ばれているように思った。このような符合を何度か経験する。締め切りが実際に見る前なのが残念だった。

十一月五日は快晴、立山駅に車を置き、ケーブルで美女平《びじょだいら》に、しみいる紅葉のなかを高原バスで室堂《むろどう》へ。富山に住み、朝夕立山を仰ぎながら、室堂まで登ったのは初めてだった。雪が降りだしていた。標高二千五百メートルにある室堂ターミナルのホテルに着くと夕ぐれで雪は止んでいた。はりつめた冷たい空気、遥か彼方まで連なる山々、夕焼けて幻のなかにいるような静けさ、神秘的な藤色の雲、ひきこまれる深い湖の水面が立山を映し、いま暮れようとする陽にかすかにこたえるようであった。初めてそこに立った気がしなかった。目が痛くなるほどあの写真を見つめていたからだろうか。

山々の精が一滴、一滴集まって深い水をたたえているようだった。何万年も前から天空の鏡が映してきた山の姿を思った。

晩秋のみくりが池

冴えかえる陽に透けて
新雪の匂いに息づく姿を
藍いろの鏡に映すと
遥かな日の山が蘇る

荒あらしい季節の前の

罠のような静寂

夜の深みに
ひとびとの悲哀がまたたくとき
天空の淵を　ひそかに
星を連れて
月が泳ぎ渡るだろう

気がつくと稜線に日没の瞬間を撮ろうとカメラをかまえている人が点々と並んでいた。
加藤さんはスケッチすることを忘れ、わたしは写真を撮るのを忘れていた。

転ぶ音符

耳の下をおさえながら「ここをがばっと開ける　奥歯を噛みしめないで顔の造作を左右に広げるんですよ」とコーラスの先生、長い年月、奥歯を噛みしめ黙って耐えなければならないことばかりだったのに無理というもの。結びつきそうもない異質なものが繋がるM先生との不思議な出会いが、音符も読めない私との楽しい間違いのはじまりだった。

「あなたがコーラスで歌っていらしたって聞きいた時、おもわず椅子から落っこちそうになったわ」親友の電話をどう受け止めるべきか。歌うことに無縁だった私は、ひとはめいめい違った声をもっていることに驚き、実感したのは詩を書くこととまったく逆で心を解放する作用である。……♪むずかしい言葉はいらないのぉお悲しいときには歌うだけぇ……と、ぬかみそを腐らせているものだから締め切りは通りすぎ、詩はますます書けない。

昔、書いた詩「サーカス」。

サーカス

みえない声が
静かに背を押して
おそるおそる渡りはじめた一本の綱
ふらつく足を踏みしめ
ただ前へ進むことしか思わなかった
振向くことはおろか
息を荒だてるのさえ怖かった

たかく　高く
空中ブランコは揺れ
眩しく宙を切っていた
逆さの待つ手

ピエロが唄うと
波立つ海は胸にまで溢れてきたりした
ざわめきはいつも遠く
月日は乾いて
砂のように吹かれていった

あやうく滑り落ちそうになると
鳩が現われ
次々と白い鳩が羽ばたき
たちまち暗い空間は
白い鳩でいっぱいになる
と思うまに
一羽もいなくなる

手品師《マジシャン》に操られる七色のリボン
華やかに弧を描き

さみしい心から
うつろな心へ虹をかける
次の瞬間
虹の色はばらばらとはずれてゆく
話さない優しい動物たち
火の輪をくぐるライオン
球乗りを器用にしてみせる象
彼等の眠りに
サバンナの熱い陽は照っているだろうか

霧のなかにゆらめいている綱
足どりは前よりも確かだが
いま　わたしは夢みる
烈しい叫びと
くるめく　　落下

この頃を思うと、いまようやく遠慮のいらない時間を少し持てるようになった歓びは測り知れない。

蓮池

　田舎に住んでいるとどこへ行くにも車で行かなければならない。マイカーがなかったら生活はできない。東京では考えられないことである。富山市内へ出かけるにも家族それぞれの好みの道がある。三六〇度見渡せる田圃の道を通り、8号バイパスを横切り丘の墓地に沿った曲がりくねった道を通ってゆく。

　その下り坂を右へカーブする左側に小さな蓮池があった。蓮池に水が入り、しばらくすると蓮の葉がつんつんと伸びてきて水面に出てくる。日ごとに広げられてゆく大きな濃い緑の葉、その中から蕾が祈る人の手のようにさしのべられてゆくのを通るたびに確かめてゆく。夏のある朝、開いた蓮の花を見た時のときめき。その道が好きな理由である。

　この小さな蓮池をちらっと見てカーブを曲がり、山かげを流れる細い川を渡る。川幅三メートルほどの名前も知らないお気に入りの川。覆いかぶさる木や草の陰を豊かな水量で流れている。あまり陽が射さないけれど夕日がかすかに射したりしていると〈夕ぐれわれ水を眺むるに／流れよるオフェリアはなきか?〉*のフレーズが甦り、ミレーのオフェリアの絵が浮かんだりする。蓮池は花が咲いているときの美しさが格別なだけに枯れて泥土の中に折れ曲がり、うなだれたように枯れた姿はなにか胸を衝かれる光景である。去年の秋、蓮池に土が入れられてあった。ふと、いやな予感がした。

　それから一週間ぐらいして通ると赤い土がこんもり盛りあげられていた。なぜかひどく狼狽した。そこを走るのはほんの一瞬なのに何十年も楽しんできたことを思った。いまは畑になってしまった。こんな別れもあるのだろうか。形見の写真もないのに。

＊　堀口大學「古風な幻影」より。

蓮池

あれは
いつもどこかに

うっすら　目をあけているようだ

曲がりくねった細い道を上り
墓地のある丘の
カーブを降りるとき
竹藪に抱かれるように
誰も見に来るひともない
小さな蓮池があった

埋められてから
もう何年も過ぎたのに
そのカーブを降りる一瞬
運転するわたしを
ない池の上を通ってきた風が
水の手のひらで
触れてゆく

暗い地底から
孵る幻

ゆうべ　夢のなかで
わたしは　あの池の
大きな蓮の葉をころがる水滴だった
紅い花を映しながら
揺らいでいた

深く埋められた種子
千年も経った頃
荒れる沼地に
目覚めるのだろうか

「こられ」

ふいに五十六年ぶりの出会いに恵まれた塚本榮成さんの家は私の生家の隣だった。カリフォルニアに帰った彼と電話で話すと「おれと話す時は富山弁で頼むちゃ」と。塚本さんと彼のお姉さんと私の三人はこの小さな町から富山市内のF小学校に転校したのだった。彼のお母さんの実家が富山市内の造り酒屋で、その跡を訪ねたけれどおばあちゃんの家も立派な松の木もなくなり新築の他家の邸宅があったそうだ。向かいにあったM病院のM君は同じクラスだったのでおばあちゃんのメッセンジャーだった。お祭りの日など、くしゃくしゃの紙を教室で渡してくれ、開くと「こられ」とひとことおばあちゃんの字で書いてあるのだそうだ。あの頃は普通の家には電話がなかった。学校の帰りに寄れるのがうれしかったと。「こられ」は標準語で「いらっしゃい」の意味だが、もっとあったかいやさしいひびきがある。医大の教授になられたM君はもう亡くなったという。富山弁はこの地出身の落語家立川志の輔さんの富山弁の落語で親しまれてきてとてもうれしい。

道草

あれはどんな女神の合図だったろうか
その日　集会へと車を走らせながら
季節はずれの暑さに　ふと
生家へ寄ってお茶を持っていこうと思った
誰もいない生家は週末の我が家なのだけれど
このところずっとご無沙汰
「お母さん　わたしよ　来ましたよ」
亡くなった母が座っている仏間の方へ声をかけ
冷蔵庫からお茶を出してガレージへ戻ってくると
家の中を覗いている帽子をかむった旅のひと
「ここに昔、浜憲*さんという家がなかったですか」

あっ　と　声をあげた
一瞬のうちにその爽やかな目のがっちりした体格の男性は
腕白な小学生になった　昔の隣の同級生
「榮成ちゃん！」
いつのまにか奥様らしい方が近づいて
「浜憲のえこちゃんですね」
はじめてお会いするのに子どもの頃の呼び名でよびかけられる
一週間前に日本に来て札幌の姉に会い
今日　懐かしいこの町に来てあちこち歩いていたという
彼は中学生になる時　神戸へ引っ越していったきり
会ったこともなく消息も知らなかった
パナマに十八年カルフォルニアに移って二十年になる
数年前　真珠の貿易商をやめて二度日本に来た時もこの家を訪ねたけど
人が住んでるようには見えんかったなぁ
（母が亡くなってから十年余り空き家だった）
なんという幸運　時間が三分ずれても会えなかった

家を出る時そのつもりはなかったのに
遠回りして生家へ寄るように囁いたのは誰だろう
曳網の中で跳ね上がる魚たちのように
記憶がどれもこれも言葉になろうと騒ぐ

その夜　電話で
小学生の腕白坊主と内気な女の子は
五十数年前の町に一気に駆けおりた
見事な桜並木の奥にあった〈松の湯〉
おおぜいの職工さんたちが通っていた〈第一薬品〉の角を曲がると
八百屋の隣に桶屋があって
店先にあぐらをかいたおじさんが
鉈であざやかに裂いた竹がするっするっと
生きもののように道路までのびていた
小学校の前の下駄屋の奈保ちゃんとこ〈きりや〉さん
その通りを西へゆくと

燃えている炎がいつも気になった〈鍛冶屋《かんじゃ》〉
家の前を流れる小川は橋を渡らず飛び越え
田んぼに入って遊んだ
友達から勝ち取ったカルタやラムネ玉がいっぱいになり
見つかると捨てられるのでブリキの缶に容れて
お菓子やの三之助のおふくろに頼んで毎日預かってもらった
波の形に貝殻が落ちている波打ち際で
磁石で砂鉄をあつめて遊び
突堤から海に飛び込んで泳いだ
擦りむいたりぶつかったりで生傷が絶えず
赤チンではなかなか治らないので
近くの〈鯰《なまず》鉱泉〉へいって赤いお湯につかっていた
もっと大きな町ゃ思ってたなぁ
浜辺へ出たら立山連峰が聳えとって
子どもの頃は気にもせんかったけど
海と山があっていいところだったんだよねぇ

夜じゅう　出会いの不思議が
むかしの町に灯をつけてまわった

あの頃　夕方になると自転車でやってきた
紙芝居のつづきを見るように
メールと電話がつづいている
お嬢さんたちはジュネーブにいて
二人とも国連で働いているという

＊　父が浜谷憲治で同姓が多いため浜憲と呼ばれた。

三半規管よ

堀口大學の「母の声」はいつも心に棲まっている。

母よ
僕は尋ねる
耳の奥に残るあなたの声を
あなたが世にあられた最後の日
幼い僕を呼ばれたであろう最後の声を

三半規管よ
耳の奥に住む巻貝よ

母のいまはの　その声を返せ…

哀切な母恋の詩はいまも多くの人々のこころに響いているのではないか。

二十代の頃、初めて詩誌に入れてもらったのは河合幸男《かわいゆきお》（紗良《さら》　紗己《さき》）主宰の「詩苑」だった。河合幸男の師が堀口大學だったご縁で、昭和五十四年帝国ホテルでの米寿記念会、翌年の文化勲章受賞祝賀会に出席させてもらったことは生涯忘れられない。あの会場に流れていたポエジーそのものの雰囲気とともに。

その折、内祝いの品として頂いた和紙の詩文集には美しい筆跡の大學の署名がある。米寿記念の『念慈抄』、文化勲章受賞の内祝『ははこぐさ』はわたしの宝物である。そのどちらにも「母の声」は載っていて、大學が三歳の時、二十三歳の若さで亡くなった母への限りない思いがこめられている。大學にとっても特別の詩であったと思われる。大學先生の気品漂う美しい紋服姿、胸打つ謙虚なスピーチが、声とともに甦る。

温胎の時間

詩人堀口大學先生の文化勲章受賞祝賀会が一月十五日都内の帝国ホテルで約三百五十人が集まって、盛大に行われた。昨年、同じ会場での米寿祝賀会に続いて再び忘れられない感動的な夕べであった。会場へ行こうと廊下へ出たとたん、ばったり堀口先生に出会い、直接お祝いを述べ、同じエレベーターに乗り合わすという思いがけない幸運にも恵まれた。遠い所からよく来てくれましたね。これが娘婿の高橋ですと、連れだっていらした令嬢すみれ子さんのご主人を気さくに紹介して下さり、「文藝春秋」のグラビア拝見しましたというと、「ああ、孫たちと一緒の……あすこに孫たちも来ているのですよ」と実にうれしいお顔をなさる。柔和で男らしい立派な風姿は八十九歳とはとても信じられないお若さである。

会は、入江相政、河盛好蔵、吉田精一、田中冬二各氏の祝辞、舞台では狂言、仕舞、独唱、コーラス、琴などが披露された。堀口先生は「小さなことを気長にやってきただけです。……いまこの部屋にみなぎる空気はポエジーそのものです。いつも詩を書き終わると、これでもう書けないのではないかという思いにさせられる。詩を書くことはミューズにおねだりする乞食《こじき》のようなもの、みなさんが私の乞食芸を愛して下さってありがたいことです。これからもこの気まぐれなミューズに仕え書きつづけていきます」と謙虚に語られた。

お祝いのスピーチをされた井上靖氏は、堀口先生の親友だった佐藤春夫先生が生きていらしたら、きょうの日をどんなにか喜ばれたでしょう。昨年、生まれ故郷の旭川を初めて旅行し父母が住んでいた家を探し歩きながら、若い母のお腹の中で自分もこの街を歩いていたんだなと堀口先生の「温胎の時間」という詩が思い出され、当時の若い母が赤ん坊の私を呼んだ声はどんな声だったろうと、堀口先生の「母の声」という詩が重なるように思い出されたと心をこめて暗唱された。私は目がうるんできて困った。「温胎の時間」は昨年の米寿祝賀会の出席者に配られた詩集『慈念抄』にある詩で、

母よ　その貴い時間は
本当にあったのですよ！

あなたの心臓と　僕のそれと
ふたつの心臓が
呼び交し鼓動し合った
その貴い時間は
母よ　母よ
…………

また、私のもっとも好きな詩の一つ「母の声」は堀口先生が五十歳のころの作で、三歳の時に亡くされた母がむしょうに恋しくなり、せめて声だけでも聞きたいと思ったという。いまなら母の姿は十六ミリに残せたであろうし、母の声はテープが伝えてくれたであろうに、そのどちらもなかった未開の時代を僕は恨んだと文に書いておられるが、それだからこそ、このすばらしい名作が生まれたのであろう。未開の時代であったことを喜ばずにはおれない。

母よ

僕は尋ねる
耳の奥に残るあなたの声を
あなたが世にあられた最後の日
幼い僕を呼ばれたであろう最後の声を

三半規管よ
耳の奥に住む巻貝よ
母のいまはの　その声を返せ…

『慈念抄』にも、このたびいただいた詩文集『ははこぐさ』、そのどちらにも、老いてますます募る亡き母へのひたすらな熱い思いがあふれて胸にしみる。母という言葉の重さ、身のひきしまる思いで反省させられた。

今の子供たちは大変な物持ちだ。自分の部屋はもちろん、自転車、ラジオ、テープレコーダーなど……。そして一方では親子の断絶がとやかくいわれている。みごもったことがあれば、はっきりと覚えがあるはず。ふたつの心臓が呼び交わし、鼓動し合ったその貴い時間を思いかえして、うろたえず、物を与えるだけの親にならぬように、もっとしっかりと根源的な母と子のきずなを考えなければならないと思う。などと、堀口先生の「母よ」は私の思いを導く。

息づく四季と暮らし

——澄んだ純粋なまなざし

すぺいんささげの鉢を
外へだしてねてもよい頃となりました

（「春」）

毎年、柔らかい春の日差しを感じた最初の日におもわずひとりごとのように出てくるフレーズ。ひらがなのすぺいんささげのイメージとその響き、実在しないすぺいんささげがほんのりと明るいうれしいひかりを私の胸に点す。それは霙《みぞれ》が降る日から始まる永い冬を耐えてむかえる春の歓びを実感するフレーズである。田中冬二先生の詩によっていっそうくっきりとした輪郭と深い味わいを与えられた日本の四季が日常の暮らしのなかにいまも新鮮で洗練された姿を繰り返し現わすようだ。そしてそれはどれもからだごと実感出来るところが大きな魅力と思う。

秋になった
湖水の鱸《すずき》の美味《うま》いころとなつた
秋の星座をうつした　しづかな湖水に
鱸はかなしくも美味になつてゆつた

（「松江」）

暗い北国の海
オリオン星座は
烏賊《いか》を釣つてゐる

（「親不知」）

が思いうかぶ季節である。澄んだ純粋なまなざしで掬われ凝縮された清冽な詩はぷれんそおだ水のようにしみいり、日本の風土に溶けこんだ端正な木造建築を目にしたときのような懐かしさと安らぎを覚える。田中冬二先生の父の実家が富山県黒部市生地《いくじ》であることから北陸線の小さな町、能生《のう》、梶屋敷、糸魚川《いといがわ》、青海《あおみ》、親不知、市振、泊、入善や黒薙温泉は詩にうたわれて永遠の名を与えられた。

当時の男性には珍しく気軽に台所に立ち料理も上手だったのではなかろうか。食物に対する深い愛情、味覚や匂いへの繊細な感覚は特別のように思える。その詩によって全く違った評価とイメージを獲得した食物がたくさんある。

〈さうめん　広重の海に雨〉〈麨《むぎこがし》　里は土用の炎天〉

〈しその葉　母の手〉　〈うど　田園の憂鬱〉

〈女の跡《あしうら》がほんのりとさくら餅の色だ〉

匂いで感嘆しているのは「菊は霜に傷《いた》み、硝子《ガラス》戸の中、花の吐息《といき》はひつそりと杏仁水《きょうにんすゐ》の匂ひのやうにさびしくこもつてゐる」（菊）の杏仁水である。杏仁水（鎮咳去痰剤）の独特の匂いはまさにさびしい。父母を早くに亡くされた田中冬二先生には幼い頃から水薬のさびしい壜は身近なものだったのかもしれない。

私は田中冬二先生に五、六度お目にかかる機会に恵まれた。詩集をお送りするたびに丁寧なお返事もいただいた。昭和三十六年に河合紗己主宰の「詩苑」の会員となったが、「詩苑」四号の巻頭は田中冬二先生の「黒姫の雪」であった。初めてお目にかかったのは昭和三十九年、「詩苑」の詩画展を六本木のギャラリーへ見に来て下さった時で、この折詩集『晩春の日に』にサインをしていただいた。私の郷里が富山ということで大変懐かしがられて、生地のたなかや旅館を一度訪ねるといいですよと名刺を書いて下さった。当時私は八王子に住んでいて豊田にお住いだった田中冬二先生と偶然電車でご一緒になったこともあったがやさしい父親のような温かい雰囲気だった。

忘れられない思い出は拙詩集『砂の花』の出版記念会に出席して下さったことである。私は昭和四十年に夫の開業のため富山へ帰ったが昭和四十六年に第二詩集『砂の花』を詩苑社から上梓した。詩からも遠く田舎で忙しい生活に追われている私を励まそうと師河合紗己夫妻と「詩苑」の仲間が京王プラザホテルで詩集の出版記念会をして下さった。当日は今考えても信じられない方々が集まって下さった。それは河合紗己先生のご配慮とつながりによるものであった。現代詩人会会長だった田中冬二先生は折悪しく重なった「四季の会」を中座して出席して下さり、身に余るスピーチをして下さった。テープに残る肉声の一部を……

……私はくしくも池田さんと郷里を同じくする者で私の本籍は富山県の黒部市生地という所です。池田さんは西の方、私は北東で富山湾を直線で結んで私の方からは南西にあたる新湊という港で近くに古くからの港、伏木港がある。私の子供の時分には富山県へ入ってゆくと、親不知を越え右手に富山湾、左手に立山山系、そして富山湾へと黒部川、常願寺川、神通川といったこの近所ではみられない大きな川が流れこんでいる大変風光明媚な所です。……かつて田園風景が豊かだった新湊はたくさんあったトネリコの木々をみんな伐採して工場が建ったときききます。そういう所にいらっしゃるにもかかわらずいい詩を書いていらっしゃることは本当にうれしい。……富山は水力発電が豊富なため工業が盛んで今どんどん自然破壊が進んでいる。これは富山ばかりでなく日本中がそうなのであらゆるところに観光道路が出来、やがて日本は亡びるのではないかとさえ思われる。……池田さんの詩集の中に何篇か立山をうたった詩があるが、これは実にうつくしい。どうかこれからも富山県の美しい自然をずっと詩に書いていってほしい。さっき村野先生はだんごでもぼたもちでも書くようにと云われたが、それにきな粉をつけてもいいから自然を大切に詩に残していってほしい……

（先にスピーチされた村野四郎氏の〈……こうしたきれいな抒情詩が富山県に咲いていることがとてもいじらしく、そのことにも打たれた。実はもう少し下手に書いてほしい。西脇さんが講演されていた時に私はエリオットの詩は嫌いだ、何故嫌いかというと彼はぼたもちをうたわないからと云われ、みな笑ったんだが、これは大変含蓄のある言葉でエリオットは文明批評オンリーでそういうものばかり捜しているからいけないのだということで詩人は高次元になると自分の身のまわりのもの全部が詩にならなければならないという考えだと思う。池田さんも下手でもいいからだんごでもぼたもちでもおうたいになるよう……〉という言葉を受けて。）

最後におみかけしたのは昭和五十五年一月の堀口大學先生文化勲章受賞祝賀会であったが、その前年の同じ帝国ホテルでの堀口大學先生米寿祝賀会で「堀口先生と会って話をしてきた日は、ちょうど焼きいもを買って抱きかかえてきた少年のような気持ちで、ほかほか温かいものがいつまでも胸のあたりに残っている……」と話されたことが思い出される。

心惹かれる夕暮の詩二篇、時を超えて涙ぐむ「寂しき夕暮」、何故か旅先のホテルで甦る「美しき夕暮」。

山は美しい夕焼
女はナプキンに　美しい夕焼をたたんでゐる

（「美しき夕暮」）

思索の厳しさ知る旅

——詩歌文学館「自己反省の道」

「あんなにきれいなお祭りをみたのは初めてよ」。前夜のおわらの余韻にまだうっとりするように新川さんはおっしゃった。

去年、こっそり風の盆にいらした詩人の新川和江さん達を翌日、金岡邸に案内する車の中でのこと。金岡邸に入ると小引き出しが整然と並ぶ薬箪笥《たんす》がある。かつて新川和江の言葉の引き出しはどれくらいあるのかな？　と若い詩人が訝《いぶか》しんでいたとき「昔の薬問屋の整然と並ぶ小引き出しが目に浮かんだ」と書いていらした茨木のり子さんの文章が私達にいっせいにひらめいて「薬問屋の引き出しですよ」と叫んだ。

近衛文麿の「白雲萬里」の額の下で写真をとると「小さい時近くでお会いしたことがあるの。その時の近衛さんのドスキンの服は私がヨーロッパを感じた最初だった」と話された。

この日いただいた詩集『けさの陽《ひ》に』には「'97風の盆に……」とおおらかな美しい筆跡で署名されてあった。「けさの陽に」の選ばれた言葉、あざやかな手並みの円熟した詩は、詩を読む喜びを深くする。巻頭の詩「シーサイド・ホテル」を紹介すると、

あんなに塩からい水のなかに棲んでいたのに
活《いけ》づくりの鯛の刺身の仄かなあまさ

海中で死に
いくにちも波間に漂っていた魚を
食べたことはないが
それはきっと
きつい塩気が舌を刺すのにちがいない
鰓が動きを止めた瞬間から
魚の体内への
海の浸蝕がはじまるのであろうから

ベッド・サイドの灯りをつけておくと
光がとどくあたりまで
海はおとなしく退いている
だが　スイッチを切ると
機会《おり》を狙っていた巨獣のように
海は闇ごと　どっと雪崩れこんでくる
潮騒が室内に充ちる

わたしの肉は
まだ　少しは　あまいだろうか
それとももう　かすかに塩あじがしているか……

釣りびとの鉤《はり》も
神の菜箸《さいばし》もとどかぬ昏い海の底で
ひとり　身を横たえている夜

そしてこの詩集で本年度（一九九八年）詩歌文学館賞を受賞された。

五月、若葉のきらめく岩手県北上市の詩歌文学館で賞の贈呈式があり、長い間訪ねたいと思いながら行けなかった詩歌文学館へこの機会にと思って出かけた。

名誉館長、故井上靖揮毫《きごう》の品位ある館名碑。日本現代詩歌文学館の庭に佇《た》った時、この文学館の創設を熱っぽく話されていた故萩原廸夫氏（当時芸風書院社長）や故川村洋一氏（詩人）のことが想《おも》い出された。全国に小説など散文を主にした文学館はあっても詩歌専門の総合文学館がない。これをつくりたいという萩原氏、川村氏に、相賀徹夫《おおがてつお》前小学館社長らが加わり運動を始め、全国の詩歌を愛する人たちの基金、資料で平成二年北上市に完成した。

昭和五十九年七月東京での設立総会で井上靖先生は「これが九州や神戸ではなく東北の地、岩手の北上市に設立されることはすばらしい……私は文学の洗礼は詩によって受けた……」とスピーチされた。白石かずこさんの情熱的な詩の朗読、それはこの文学館に夢をかけた男達を謳ったものだった。三井ふたばこさんは「……オープンが昭和六十五年と聞くと気が遠くなる……」と話されていたことなどが次々に想い出された。

多くの人たちの夢が見事に実現していることをあらためて実感し深い感動を覚えた。贈呈式で現代詩は「けさの陽に」の新川和江氏、短歌は「みどりなりけり」（咲けばはや散るを惜しまぬ白萩の風ありて萩萩ありて露）の築地《ついじ》正子《まさこ》氏、俳句は「秋」（夏座敷棺は怒濤を蓋ひたる）の川崎展宏《かわさきてんこう》氏が受賞され、それぞれ個性的な感銘深い挨拶をされた。宗左近氏の特別講演「詩歌の未来」のあと、詩、短歌、俳句の仲間が一堂に集まって迫力の鬼剣舞を見ながら心あたたまるパーティー。翌日、一行はバスで花巻市の高村光太郎山荘、宮沢賢治記念館を見学した。

　套屋《とうおく》で保存されている高村山荘は衝撃であった。杉皮葺《ぶき》、荒磯障子一重の窓、畳三畳半のあばら屋である。五月でさえひんやりとしたあの山荘で一人孤独な生活を七年間も送った光太郎。厳しい生活の中で思索していたものは何だったのだろうか。びしっと何かに打たれたような気持ちで林のなかを歩いた。

「ここは自己反省の道ですね。詩人達はみな、くりかえしここに来なければなりませんね」と井上靖先生は言われたという。

　北上の旅はうっとうしい日常の闇に開いた花火のようであった。激しく魂に響いて。

薄羽蜉蝣

八月、立原道造詩碑や中村真一郎文学碑のある軽井沢高原文庫で「北杜夫展」が開かれていた。興味深く、もっとゆっくり時間をかけて観たかった。

学生の頃、ユーモアのあるこんな楽しい大人の本ははじめてと読んだ『どくとるマンボウ航海記』。ある日、大学から帰ると寮生が郵便受けの前で騒いでいる。私に北杜夫のハガキが届いていたのだった。もとより返事がくることなど思ってもいなかったので、とびあがるほど嬉しかったことを思い出した。

それにしても、父斎藤茂吉の短歌を何首も書き写したノートなど、父への尊敬と親愛の深さに胸を打たれた。茂吉から息子への愛にも。こんな父と子の関係もあるのだと。別館（堀辰雄1412番山荘）の「斎藤茂吉の住処」には北杜夫が麻布中学、松本高校時代に蒐集した昆虫標本箱がびっしりと展示されていた。わずか一ミリくらいのこがね虫までどんな場所でどうやって捕らえたのだろうと、その集中力に感嘆した。とりわけ惹かれたのは二匹の薄羽蜉蝣。薄緑色の薄い透ける繊細な網目。儚い名前も姿もなぜか気にかかり、旅からかえってからもたびたび蘇る。幼い頃、家の前の流れに覆いかぶさっていた草に止まっていた姿が、記憶の底から思い出された。

螢のみち

みどりいろに燃える
暗いまなざしに追われ
垂直に裂けてゆく
やさしい時間を下りると
いちめんに浮きあがる静脈
ふりむくと誰もいない
花火のようにみえた

あれは　何であったのか
凪はなく
螢のみちに
うるむ夏

越中おわら節

風の盆

思いつめた襟あしのように白い足袋
編笠を被っているあれは
ひょっとして
人ではないのかもしれない

遥かな血脈をくぐり
呪縛と寂寥に耐えて
いのちよりも永く

紡がれてきた
うつくしい魂の化身ではないか

雲がほそく秋の構図を描く
山の胸ふかく
沁みとおるうたは
せせらぎ　流れ
妖しく風と響き合うので
人も木も
息を呑むのだ

新聞の〈風の盆〉の広告欄に書かせていただいたのは四十数年前。今は全国に知られた「風の盆」だが当時はあまり知られていなかった。高校時代、勉強が好きではない四人が解析や物理の時間にノートを回して好きなことを書いていた。その仲間のAさんの家は八尾だった。風の盆には彼女の家へ招かれた。その頃の風の盆を思いながら書いたのを憶えている。後に第三詩集『遠い夏』に収録する時も（……坂の町　越中八尾《やつお》では九月の一日、二日、三日を風の盆といい、哀調をおびたうつくしいおわら節の町流しが行われる）と註を付けている。

町は暗く静かだった。胡弓の音、うたの響き、踊りの妖しさ……。

節子さんの手仕事

針を持たない日は落ち着かないという友人、藤崎節子さんはクラフト作家。先祖から伝わる古布をｈｅｒｉｔａｇｅ（遺産）として残すキルトを創作。築百二十年の家「赤松館《せきしょうかん》」（登録文化財藤崎家住宅）を保存しながら一般公開、米蔵でキルトの常設を展覧。三年前に赤松館を訪れた際の感動は忘れ難い。

かつて家庭画報（手作り部門）大賞を受賞された大作や数々の体温の伝わる芸術作品に息を呑んだ。明治、大正時代の先祖の着物、百年を経た古布は破損も多いが着古されて柔らかい布の感触は風合いがあり、使える部分を再生し形として残したいという。彼女の手によって蘇る古布。

暮らしのなかで彼女からの贈りものが私を和ませている。色とりどりの布を使ったステンドグラスを思わせる手縫いのポシェット。昔の人の帯で作った手提げはその帯をしていた人へ思いが行く。手作りのカードはセンス抜群、勿体なくてとても使えない。なかでも蚊帳を漂白して貼った布の上に小さな貝が二つ（お立岬の海で十年前に拾ったものという）、緑やローズ、青の細い糸が波のようで潮騒が響いてくるようだ。

今年（二〇一五年）四月、九州博多の福岡アジア美術館での歴史を伝える古布の物語「藤崎節子――ヘリテージキルト展」には二千人の人が訪れた。

近代巨匠絵画展を見て

――呼吸が脈打つ作品　藤田嗣治「腕をあげる裸婦」硬質なエロチシズム

その呼吸が伝わってくる絵と向きあったときに、周りにあつまってくる静寂から生まれる名づけがたい瞬間があるようだ。それはのがれがたい現実から不思議な抱擁の待ちうける宇宙空間へと自在に魂を連れ出してくれる。

吸いこまれるようにして見入ったのは藤田《ふじた》嗣治《つぐはる》の「腕をあげる裸婦」である。モデルの表情が実にいい。ひきしまった肉体は彫刻のようでありながらしなやかである。どこか硬質なエロチシズムがただよう墨線と淡彩で描かれた清らかな裸婦である。

つい二週間ばかり前、久方振りに訪ねた親戚の家の応接間に藤田の絵がかけてあって驚いたばかりであった。それは小さいもので、なかめ上向きの婦人の横顔であったが、がっしりとくいこむような首、端正で冷たい表情が印象的であった。見とれる私に主は「どうです、いいでしょう！　このなめらかさ」と至極満足気であった。
藤田嗣治の「腕をあげる裸婦」のとなりには、マリー・ローランサンの「青衣の美少女」があった。かつて「紅衣の人」や「アポリネールの肖像」などをなにかで見たことがあるのだが、ローランサンの絵の本物に接するのは初めてである。これがあのミラボー橋の詩で有名なアポリネールの恋人の作かと心が昂《たか》ぶる。期待の方が大きすぎたかなと思わないでもなかったが、甘い色彩が強く人をひきつけるのは華やかなローランサンその人の魅力がしのばれるからだろうか。

　詩人アポリネールが画学生であったローランサンにはじめて会ったのはピカソの個展であったといわれている。藤田、ローランサンの絵を前にして、ふと二十世紀初頭のパリ、モンパルナスに集まった若き芸術家たちのことを思い、これに佐伯祐三《さえきゆうぞう》、里見勝蔵《さとみかつぞう》の絵が見られたら、なおよかったのにと思った。

　大谷コレクションのなかには佐伯祐三の作品もあるらしいが、今回は展示されていない。先日、NHKテレビ日曜美術館で荻須《おぎす》高徳《たかのり》氏が佐伯祐三のおもいでを話しておられたが、佐伯祐三をはじめてヴラマンクのところへ案内したのは里見勝蔵であった。里見勝蔵夫人紀代子《きよこ》さんは詩人であり、歌人であり、すぐれた随筆家でもある。十年ほど前（一九七一年）、私が詩集『砂の花』を出した折、詩人の村野四郎氏から里見勝蔵夫人紀代子さんへ送ってあげるようにと手紙をいただいたことが私と里見さんとの出会いとなった。折り返し情熱的な手紙とともに、小さなランプのような形の西洋梨が一箱送られてきて私はすっかり感激してしまった。

紀代子夫人の随筆集『思い出の人々』（一九七〇年　昭森社）の中には、富山県民会館の前にもその作がある彫刻家、松村外次郎《まつむらそとじろう》氏に自分の塑像を作ってもらうくだりがある。モデルになっているうちに、ふとその日、音楽会に招待されていたことを思い出したとたん、松村氏が電気がかかったようにハッと制作中の塑像から飛び離れて「今日はこれでやめます」と言われ、仕事柄とはいえ、表情によぎり去った影をすばやく見抜かれた鋭い観察力に驚く場面が生き生きと書かれている。

また、若き日の三岸節子《みぎしせつこ》女史が幼児三人を教育しながら、自らの芸術を育てられたなみなみならぬ努力の様子や、ヴラマンクに招かれて再度、渡仏した里見氏をアンバリッド空港に出むかえた三岸女史と令息のことなどが書かれていて興味深い。里見さんを紹介して下さった村野四郎氏は亡くなってしまったが、最後の詩集はその名も『芸術』であった。九月の初め突然、村野夫人むつさんより村野四郎全詩集が送られてきて、私はこの上ない幸福感に満たされた。はがきには詩人の心の灯を育てていただけたら……とあった。思いはさまざまに駆けめぐってしまった。

豊かな安堵感にひたされる美しい日本画の数々も鮮明に甦《よみがえ》ってくる。秋の透明な空気が脳髄のゆるんだネジをしめてくれるのだろうか、美しいものが強く心にひびく季節ではある。空も十分高く深くなった。

女体の深さに酔う
――日本・現代の裸婦展に寄せて

裸婦は無防備の美しさかもしれない。いのちの流れるままの姿が、そのままあらわになって人々の心をとらえるのだろうか。もしかしたら衣類をつけ、化粧をしながら無意識のうちに女は日常への小さな覚悟をきめてゆくのかもしれない。日常への覚悟をきめない女の姿を見る思いであった。

裸婦展を見るのははじめてである。ずっしりとした疲労感を覚えた。美しい緊張を強いられたあとの充実した疲労感である。めまぐるしい雑事から逃れての満ちたりたひとときでもあった。古代ギリシャから造形美の理想が女性の肉体にもとめられ、永遠のテーマといわれるわけがわかるような気もした。さまざまなかたちにとらえられた多彩な女体の深さに酔う思いであった。

男には渡れない女の闇《やみ》にふみとどまっているような女、下田《しもだ》義寛《よしひろ》の「青の時」には深く心をひきよせられた。駆ける二頭の馬をバックに顔をおおうようにして立つ少女、いぶかしげによりそう裸の少年、しゃがんでいる母親らしい後ろ向きの裸身、後ろ姿だけであるのに、その白い背は、はかなくせつない、それでいてしなかやに細く強靱《きょうじん》な魂を秘めた女をほうふつとさせる。吸いこまれるような静けさと落ち着いた色彩は遥かな幻想を呼んで、思わずためいきがもれる。

うれしかったのは加藤登美子さんの「桜」に逢えたことである。逢うとは恋人にでも逢うようで変な言い方だが、まさにそんな気持ちなのである。前田青邨門下のすぐれた女流画家である彼女とは不思議な出会いで、拙詩集『砂の花』の装幀《そうてい》をしてもらった間柄である。

詩の好きな彼女が学生のころから愛誦《あいしょう》してきた詩に「星夜」という詩があったが、たまたま個展を見にいらした私の師である河合紗己氏と話すうちに、それが昔、河合氏の書かれた詩であることがわかったのである。当時、私の詩集のことを考えていらした師は装幀を加藤さんに頼んで下さり、つたない私の作品はまぶしい晴れやかな装幀につつまれることになった。天の配慮というべきであろう。それは私の期待をはるかに超えるものであった。

それ以来、たびたび送られてくる個展の案内も、会場が東京とあって見に行くこともかなわず、いつも残念なおもいをしてきたのだが、このような機会が巡ってこようとは思ってもみなかった。

「桜」は一枚一枚丹念に描かれた桜の花びらのなかに髪をかきあげるようにして立つ裸婦である。両手をあげたポーズが奔放で明るい。見知らぬ宇宙を見つめてでもいるかのような大胆なみどり色の瞳と、彼女が好んで使う渋く落ち着いた金や銀で、一筋一筋描かれた髪、それらが降るような桜の花びらと不思議な旋律をかもし出している。生々しさをすらりと抜け出した透明感のある白い裸体は気品があり、耳はほのかにもえている。時間の外へ解き放たれた女だろうか。美しい線と色にユニークな個性が一段と深まっている。裸婦展のため富山を訪れた加藤さんに再会出来たのも思いがけない喜びであった。

伊藤清永《いとうきよなが》の「新粧」は、この絵のむこうには、わさわさと鳴る五月の葉がゆれているのではないかと思うほど明るい。豊かな肉体をめぐっている温かいときめきがこぼれるようで、自然に眉《まゆ》の間がひろがるやさしい安堵感にひたされる。清そなみずみずしさにあふれた「少女」（小倉遊亀《おぐらゆき》）は、思わず、ああと声が出そうなほどすがすがしい。肌にあらわれたそばかすになんともいえぬ少女の甘やかな肌《はだ》のにおいを感じた。ぎょっとして見たのは「女人」（加藤東一《かとうとういち》）。女性の心のどこかにどっかりと座りつづけるもう一人の女、女が一番みたくない女の業、あるいは認めたくない女の姿でありながら認めざるをえない恐ろしい姿とも思えた。

ひきしまった女体の美しさが塑像のようにみごとで近よりがたい「瞳」（杉山寧《すぎやまやすし》）は美の追求という言葉を思い起こさせた。なにかを見ていながら、瞳《ひとみ》にはなにも映らない倦怠《けんたい》とも、虚無ともつかぬ時間のなかのエアポケットのように、ふとみせる女の素顔、國領經郎《こくりょうつねろう》の「昼の月」はそんな女の一面をおもわせ、「紅布の裸婦」「現代の孤独」も印象に強く残った。

さまざまな裸婦は、それぞれ、さまざまな女体のリズムを響かせ、会場内を見えない力でせめぎあっているようであった。残念だったのは絵と絵の空間が少ないことである。絵のことはなにひとつ知らない者の勝手な受けとめ方で滑稽《こっけい》かもしれないが、自由に鑑賞するのも絵を見る楽しみであれば、それも許されるだろう。時がたって、これらの絵のどれかがふいに、甦《よみがえ》って、娘の背を流す私の手をとめたり、あるいは青信号になっても渡り忘れてたたずませたりするかもしれない。

海の耳へ

若い日に書いた詩。

すずらん

見えても
見えないふりをしてほしい
かくそうとすればするほど
泪はこぼれてくるのですから

淋しさから

虚しさへ　弦《いと》をかけて
したたり落ちる

ふり仰げないまぶしい陽ざしより
暗い音楽の路に
忘れてあればいい

泪の鈴は
みんなねむってしまった夜の底で
海の耳へ
そっと振る

富山湾沿岸のほぼ中央、四方町《よかたまち》で生まれ、学生生活と結婚後の一年半の東京での生活を除いて、同じ海沿いの西にある新湊《しんみなと》（射水市《いみずし》）に根が生えたように暮らしている。海はいまもそのような存在である。この辺りは奈呉の浦と呼ばれ、『万葉集』に詠われている家持の「東風《あゆのかぜ》いたく吹くらし奈呉《なご》の海人《あま》の釣りする小舟《をぶね》漕ぎ隠る見ゆ」の歌碑と「奈呉乃浦」

の石碑が放生津《ほうじょうづ》八幡宮にある。小竹《おだけ》貝塚に近く、縄文時代は海だった。立山連峰を正面に見て三六〇度見渡せる田圃の道を車で走るときもなぜか海を感じる。真鯛や鯨も泳いでいたのだろう。

子供の頃、夏の夕方、母は海の入り日を拝みに行くことがよくあった。帰ると「ありがたい夕日やった……」と呟くのだった。夕日は人々の祈りを集めてあのように赤く炎えるのだろうか。

坂道の恵み

子供達が中学と高校生だった頃、学校に近い富山市五福《ごふく》の子供達の住まいと我が家を毎日車で往復した。片道二十五分位。途中、丘陵のくねった細い道を通る。昔はあまり車も通らなかった。その坂を登ると違った空気の中へ入ってゆくような気がする時がある。カーブして坂を降りる左側に小さい蓮池があり、気品ある蓮の花が咲く夏は通り過ぎる一瞬に目を凝らした。

蓮

遥かな
時の果てから

うつくしい暗号を受けとめて
蓮の花が咲いている

悲哀の沼に漂い
絡むかなしみの水藻を分けて
祈るように
天に　高く　さしのべる
あこがれ

肉体を脱いでいった魂も
夢をみるのではないか
ほそい坂道を下り
竹林に抱かれた蓮池のそばを
カーブする一瞬
魂の夢のなかへ

「蓮」を書いたのは母が亡くなった後だった。文庫のその詩が大阪の紀伊國屋書店で詩集を探していらした玉田《たまだ》清媛《せいえん》さんの目に止まり、未知の方から丁寧な達筆の著作使用の依頼状を頂いた。書道部門で日展に挑戦し続けていること、尊敬する師を亡くし脱力と失望の一年だったが、今回は詩に亡き師への思いをのせて筆を持つことができ、幸せな書作となったことなど。

私は書いて頂けるのは光栄です。とすぐに電話をした。二ヶ月ほどして「ご褒美をいただきました！　日展に入選しました！」と知らされ驚いた。彼女は大変な喜びようであったが私はもっと嬉しかった。

そんな出会いから十年。目を瞠る活躍をされている。この九月も友人のUさんと富山へ。私たち夫婦と夕食を共にして話が弾んだ。蓮池は埋められてしまったが坂道がみちびいた出会いに感謝している。誕生の月日が同じなのも不思議である。

黒部川

ことし（二〇一〇年）一月七日から二月三日まで黒部市美術館で戸出喜信《といでよしのぶ》展があった。宇《う》奈《な》月《づき》町（現・黒部市）出身でフランス在住の洋画家戸出喜信氏が故郷の黒部峡谷に取材し、長さ九メートルもの大作として描き出した「黒部川」が黒部市に寄贈された記念展である。「黒部川」は遠く海を渡り、ユネスコ本部（パリ）の迎賓館に八年間展示され、多くの人々を魅了してきた。岩に砕ける水の音やしぶきがかかりそうな圧倒的なスケールは見る人々を大きな力で惹き込むようであった。「期間中、何度でも見に来てください。」図録がなくて残念がるわたしに、学芸員の方が親切に言ってくださった。昨年十二月、日本橋三越で戸出喜信展があったが、遠くて行けなかった。今回、富山で開催され、「黒部川」をはじめ「セーヌ河岸」「八月の静けさ」「静水に映る木々」「ミッケル爺さん」など透明で魅力的な作品に接することができた。

一九八〇年頃だったか新聞紙上に載った戸出喜信氏の「嘆きの橋」のサロン・ドートンヌ入選の記事の写真は白黒であったけれど、橋の姿は深く心に残った。一九八六年に上梓した拙詩集『嘆きの橋』はこっそりそのタイトルをもらったのだった。「黒部川」は青い激流の表情が描かれているが、黒部峡谷をえぐりながら走る黒部川そのものである。氏の生家は宇奈月温泉の旅館で川はその近くを流れている。幼い頃から瀬音が子守歌のように聞こえていたのではないだろうか。セーヌ川を見ながらその胸に流れているのは黒部川だったと思われる。

橋

炎える落日にむかって
橋を渡ってゆくと
見知らぬ領土の夜明けへと
続いてゆくような気がする

ひかる水面に映る

I

渡れなかった橋
見えない橋
記憶に架かる橋

数えきれない魂がゆきかい
夥しい年月に耐え
苦しい重量を赦して
なお無言の橋よ
愛するわたしたち
ただひとりのためにさえ
あたたかい胸
やさしい背にもなれず
渦巻く流れに洗われながら
せつなく腕を伸ばす
互いに橋の届かない
岸辺を視るために

出会いの神秘

富山を旅行された東京のKさんのハガキに「富山は山も川も美しいけれど、平野も美しいところですね」とあり、はっとしたのだった。雄大な立山連峰、大きな川、深い海、ダイナミックな風景にばかり心を奪われていて、目立たない静かなやさしさで私達を包んでいてくれた平野の美しさに気づかないでいたことを恥ずかしく思った。8号バイパスを走ると、行く手に立山連峰が聳え、両側に緑の田園がひろがり、呉羽《くれは》丘陵も見え、遠くに海が光る。珍しい野鳥も多く飛来する。井の中の蛙でふるさと身びいきかもしれないけれど、雪の降る季節が長いとはいえ、美しい豊かな自然に恵まれたこの富山に住めることの幸せを常々感謝している。

そしてこの地に、それも晴れて立山連峰のよく見える日に岡山の詩人永瀬《ながせ》清子《きよこ》先生をお招きできたらと願っている。先生はこの豊かな自然をどのように受けとめて下さるだろうか。永瀬先生は八十二歳、詩集『あけがたにくる人よ』で最近、地球賞と現代詩女流賞を受賞された。この（一九八八年）五月八日の母の日は忘れられない日となった。朝突然、金沢の友人より電話があり、永瀬先生が今日いらっしゃるとのこと。その夜、福井からの二人とともに、永瀬先生を囲んで心満ちた会食となった。話される重みのある言葉ひとつひとつが心の空白を埋めてゆき、お会いする度に深く惹かれてゆくのを覚える。私は偶然にも十日ほど前、新聞の随筆に永瀬先生の『あけがたにくる人よ』の朗読のことを書いていたので、それをお見せしたところ、その随筆の堀口大學の詩、〝古風な幻影〟の一節（夕ぐれわれ水を眺むるに／流れよるオフェリアはなきか？）と口ずさみたいところであるという箇所を読んで、「堀口先生はね、こんな風に朗読されましたよ」とゆっくり抑揚をつけて真似された。それはいつ頃のことですかと私、「昭和十二年、共立講堂でした。千家元麿や佐藤惣之助も朗読したんですよ……」。五十年も前のこと、記憶の凄さに驚く。宮沢賢治の死後、「雨ニモマケズ」の手帳が発見された時も、そこに居合わせたとか。「私は賢治の言葉通り、ヨクミキキシワカリソシテワスレズだったから」と云われたが、堀口大學の朗読を永瀬先生から聞かせてもらえるとは思ってもみないことで不思議な感動が身を貫いていった。

人と人の出会いの神秘には、宇宙の星がどこかで出会いの合図でもしているのだろうかと思うことがある。瞬きの間にすぎない人生にも素晴らしい、あるいは苛酷な出会いは用意されていて、いま牽牛と織女はどのあたりに懸かるかは知らないが、今夜また、出会いの合図はされるのだろう。

トロッコ電車

すっきりと晴れわたって前日までの天候がうそのような秋晴れとなった。九月の終わり、黒部峡谷のトロッコ電車に乗った。前夜は中学校の同期会、宇奈月温泉に一泊。集まった三十名、なかなか名前を思い出せない人も一瞬の間に中学時代のわんぱくな顔が甦ったりして賑やかで幸せな夜を過ごした。

黒部峡谷の山々、谷の底を流れる黒部川の青緑の流れ。ゆうべの話の続きをトロッコの音に負けない声を出して冷たい風を堪えながら風景を楽しんだ。

欅平《けやきだいら》までこれまで何度か乗った。よくぞこのような険しい崖っぷちに軌道を敷いたものと乗るたびに感嘆する。電力会社の工事のために使われていたものが後に観光にも利用されるようになった。昔は乗車券に命の保証はしませんと書かれていたこともあった。

紅葉が始まったばかりの峡谷を赤とんぼの群が低く飛んでいた。一九八八年の夏、永瀬清子さんと乗った時、カーブを曲がるたびに伝わった永瀬さんの柔らかな体温。吊り橋の下へ吸いこまれていった黒い蝶。

二〇〇六年の五月、新川和江さんを案内した時のよく響く驚きの声など思い出していた。あの時、ナチュラリストの浜田さんが、熊が子別れする時は熊の大好きな衣笠草《きぬがさそう》の白い花を子熊が夢中で食べている間に、母熊が去っていくのだと教えて下さった。さまざまな想い出がトロッコの軋る音に乗って峡谷から湧き出てきた。

永瀬清子さんと黒部峡谷を行く

その日の黒部峡谷を生涯忘れないだろう
九月一日、詩人永瀬清子さんと私達三人は黒部峡谷鉄道に乗った
コバルト色のブラウスのポケットにマリンブルーのチーフをのぞかせ
「鐘釣まで行きましょう」
トロッコ電車に並んで腰かける
バッグの中には旅館でもらってきた白髭草が手帖にはさまれて入っているはず

垂直の直下を流れる黒部川
黒薙、出平、猫又
トンネルを抜けるたびに
陽差しが透明になってゆく
「昔、電気技師だった父は宇奈月の発電所へよく通ったんですよ、大正の頃だけどね」
カーブを曲るとやわらかな体温が伝わり
「わたしは濁ってあたたかい土……」とうたったこの人の詩が甦ってくる
大いなる樹木のような詩人から　ふりこぼされるたくさんの生命《いのち》あふれる言葉、力こ
　もる思いが埃まみれの私の魂を洗いつづけている

あ、黒い蝶が美しい落しもののように
吊り橋の下へ吸いこまれてゆく
崖の上にもう秋の炎を燃やしているのは
ミヤマシグレだろうか

万年雪の残る鐘釣駅に降りると

太陽につつまれる鐘釣山を仰ぎ
ひとつのベンチに肩をよせて
渇ききった赤子のようにその人の言葉をむさぼった

火星の近づく夜
ひそかな決意は
ひかりに濡れながら
河を遡った
記憶の谷間をおおう木々が
いっせいに樹液を立ちのぼらせ
深く語りあう闇を
さらに遡ると
貝むらさき色に沈められ
永く塞き止められていたものが
天の明りの方へ
激しく波立っているのがみえる

（テレホンポエムのために）

泳ぐ

カレンダーを捲ると
明るい海辺に水着の若いふたり
タイ　クラビ　とある

水泳のうまかった堀口大學は
世界中の有名な海水浴場を
泳ぎまわってきたという
信濃川の急流で習った
純日本風の泳法で
抜き手をきって

一生に泳げる海は限られているだろう
わたしは富山湾　氷見の海
去年の秋　中学の同期会で氷見の女良海岸へ
六十余年前　臨海教育で泊まった宿で昼食
波に揺られているよう
窓いっぱいに海が迫り
浮かぶ虻が島
水平線に乗った立山連峰がひろがる
あの夏　男子生徒は虻が島まで遠泳した
舟が一艘　後からついてゆき
黒豆のような頭が消えるまで
女子生徒たちは海岸から見送っていた
「あのとき一番だったのはIと僕」とKさん
Iさんはもういない
女子で一人だけ遠泳に参加したYさん
手繰られてゆく記憶

逃れられない潮流が
沖合で待ち伏せているなど
思いもしなかった　あの頃

歌の翼をもらって

岸辺に

いちまいの　桜の花びらになって
いちまいの　祈りの花びらになって
ことしの桜を咲かせよう

攫《さら》われていった数えきれない命
一度も桜を見なかった小さな命にも
みんな寄りそってここにいるよと
いちまい　いちまいの花びらになって

ことしの桜を咲かせよう

ひとひらの　灯りの花びらをともして
ひとひらの　祈りの花びらをともして
夜の深みの花明かりになろう
たましいが迷わないで帰ってくるように

伝えたい言葉となって舞い散ろう
堪《こら》えている涙となって降りしきろう

降りつもり　降りつもり
土に溶けて　あたたかい大地になろう
木々が芽吹くように　鳥が羽ばたくように
悲しみに耐えて生きるひとたちの
ひとあし　ひとあしが刻まれるように

笑顔がもどってくるように
歌声がきこえてくるように

春がくるたびに
いちまいの　桜の花びらになって
いちまいの　祈りの花びらになって
愛しいたましいを抱きしめ
桜の花を咲かせよう

二〇一一年三月十一日。東日本大震災。被災の惨状を伝える報道に言葉を失った。一瞬のうちに攫われていった数えきれない命、悲しみに耐えて懸命に生きていらっしゃる方々に私は何一つ出来ないと無力感に襲われた。祈ることしか出来ない、言葉はむなしい。詩などとても書けないと思ったが同人誌「禱」の締め切りが三十一日だった。せめて、ひとひらの祈りの花びらになって此岸にも彼岸にも桜の花を咲かせたいという思いをこめて詩「岸辺に」を書いた。「禱」四二号が発送されると多くの詩人からお手紙をいただいた。敬愛する詩人の新川和江先生からは「この詩は作曲してもらうといいわね」と薦められた。

中村義朗《なかむらよしろう》先生（富山大学名誉教授）を通じて宮城学院女子大学教授のなかにしあかね先生に委嘱した。来年の春頃までならと引き受けて下さった。その頃、なかにし先生が仙台で傷ついた学生達と生きる意味を再構築し、被災地の惨状に息を呑みながら夢中で支援を模索していらしたことを知らなかった。後になって知り、辛い状況のなかで引き受けてくださったこと申し訳なく思った。詩は小杉中学での県民ふれあい公演、江幡春濤《えばたしゅんとう》さんの書（日本女流書展、日本橋高島屋）や富山市の劇団「文芸座」の小泉博、邦子ご夫妻にハンガリーのザラエゲルセグ市の東日本大震災追悼イベントで桜の植樹、朗読と思いがけない幸運に恵まれた。

二〇一二年三月、待ちかねた曲が届いた。歌曲と合唱曲。心にしみる美しい曲だった。二〇一二年九月のコンサートから始まり、いくつものコンサートで歌曲、合唱曲が演奏され、歌の力を実感している。二〇一三年二月、東京、紀尾井ホールでの瑞穂の会コンサートでは小松由美子さんが独唱。会場が東京なので大学時代の寮友たちとの懐かしい再会もあった。三月十一日、富山市民プラザでの「歌でつなぐ　人と心の　絆コンサート」では客演指揮の菅野正美氏による谷川俊太郎作詞「悲しみは」が演奏され、女性三部合唱「岸辺に」が中村義朗指揮、トヤマアンサンブルシンガーズＡＩによって演奏された。十二月

には ロサンゼルスでグレースノートにより合唱され、二〇一四年五月にみなとみらいでも歌われる予定である。拙い詩の身に余る恵みを感謝している。

あの震災から三年が経とうとしている。東北出身の詩人Tさんの手紙に「陸前高田にやっと再建されたホテルで喜寿祝いに同窓生が集い、初めてその全てが消えてしまった町の光景を見て言葉はありませんでしたが「岸辺に」という祈りの詩を思い起こしていました」とあり、少しでも寄り添っていけるのだろうかと思った。

昨秋、十一冊目の詩集『岸辺に』を上梓した。全体のイメージから「岸辺に」をタイトルにしたけれど生きてきた日々のささやかなしるしでもある他の詩も読まれてほしいと願っている。

Ⅱ

螢の庭

生家が絶えて古い木造の家と百坪ほどの庭が残った。「家をお守りしているの」と、母が晩年独りで住んでいた家は母が亡くなって十年も空き家だった。少し手を入れ、残すことにしたのは木や木材に思いが深くなり欄間や障子のある想い出深い家を壊すに忍びなかったからである。悩んでいた時に稲本正氏の『森の形　森の仕事』（一九九四年　世界文化社）を読み、講演を聴いたことも決心を後押しした。週末の我が家にと思っていたが現実はなかなかいけない。いつまで維持できるかもわからない。

螢

微熱ぐらふのような日を記して

睡れない街を逃れると
ふかい夏草が熱かった
かすかな渓流のひびきに
ふりむく視界を
青白く掠めるものがあった

あ　螢
夜の野に
美しい最弱音《ぴあにしも》……

あれはなにを瞬いていくのであろう
すずしい匂いを灯《つ》けて
さむい記憶の森で
はぐれてしまったゆめやねがいを
捜しにでもいくかのように

ああ　なぜふりむいてしまったろう

と詩を書き始めた若い頃は実家の前は細い川が流れ、田圃《たんぼ》が広がっていた。田圃のむこうに立山連峰が聳え、縁側に立って見事な借景を楽しむことができた。父は仕事ひとすじで趣味はなかったけれど、日本風の庭を眺めるのを愉しみにしていた。水鉢や灯籠、石は昔のままだが松やほかの樹木は伸びて大木になった。眩しい光を浴びて泰山木は包みきれない香りを大きな白い花びらに湛えている。庭に来る鳥たち、鶯、エナガ、キセキレイ、尾長など。尾長の番《つがい》が金木犀から水鉢の傍の羅漢樹へ二羽そろって大きな波を乗り越えるようにゆっくりと飛んだことがあった。そのような飛び方を初めて見た。スローモーションの青い曲線が記憶に残っている。

誰もいない庭をしみじみ眺めていると、父母の気持ちがわかるようだ。

あれは中学生の頃だったろうか、母が里へ帰り、父と二人、縁側に腰かけ黙って青白い月光の庭を見ていた夜。深い翳に螢は瞬いては消え、家の中にも迷いこんでくるのだった。息苦しい沈黙をときどき風鈴の音が破り、それぞれの淋しさを鳴らした。遠くで盆踊りの囃子が響いていた。

あの夜、私の背中を抱くように浜風の潜む中庭から前庭へと通り抜けていった〈あいの風〉。庭はささやかな家族の哀切な舞台。遠い日のさまざまな忘れ難いシーンが鮮やかに甦る。

あいの風*

遠くで
盆踊りの唄がひびいていた
ゆうべも言い争った父と母
幼い妹を連れて母は里へ行ったまま
酔った父は縁側に腰掛けて
月明かりの庭をみていた
わたしも黙って庭をみていた
消え消えによぎってゆく螢たち

息苦しい沈黙に
嘶し声が　遠く　近く
波のように寄せていた

町はずれの神社前
音頭をとる男衆の櫓を囲んで
道幅いっぱいの長い楕円の輪になり
明け方まで踊っていた素朴な盆踊り
夜なかの二時ごろから一番いい踊りになるのだった
拡声器で声量たっぷりに男が唄う
（…お客はどなたと聞けば……鈴木主水という侍よ……）
（…わたしゃ女房で妬くじゃないが……）
応えて踊り手が唄うように囃す
（おぉ　そうじゃい　がってのかんじゃ……）
暗い翳が寄り添う田舎の町の夜空を
囃し声が渡ってゆく

半世紀以上も前の盆踊り

あの夜　浜風の潜む北の縁側から
前庭へ通り抜けていった風
わたしの背中を抱くように触っていった
〈あいの風〉がひんやり甦える

＊　あいの風　夏の日本海側で吹く北寄りの風、涼しい風。

母の日記

「そんなに忙しいかいに」憐れむようにわたしを見詰めた母の表情が浮かぶ時がある。

母の死後十年も空き家だった生家を直してから、時々、「お母さん、来ましたよ」といいながら帰ってゆく。今なら、ゆっくり話し合えたのにと思う。

生家は車で十五分ぐらいの町にあるのだが、時間に追われる忙しい日常からは遠い距離だった。同じ県内にいるのは六人きょうだいのわたしひとり。母がまだ元気に独りで暮らしていて、持参した食べ物を置くと、話も早々に帰るのが常だった。

ことに冬、雪に閉じ込められるような時にこそ行って様子を確かめたいのに雪が積もると怖くて運転は出来ない。耳が遠くなり、母は電話もよく聞こえないようだった。雪が降ると外出も出来ないし、庭仕事もなくて淋しいという母に日記帳をプレゼントしたことがあった。吹雪くと雪道はどこを走っているのか分からなくなり錯覚をおこすことがある。

見に行きたい生家は遠くに雪の中に沈んでいるように思えた。雪の朝、ごみを出しに出て凍った玄関前で滑って転んだ母。その時腰を痛め半年後、ついに歩けなくなって入院したが、義母の入院も重なり、わたしは周りの景色も目に入らないような月日を過ごしていた。四年後に母は八十八歳で亡くなり、母の死後、日記は昭和六十一年二月一日から半年間、入院の前日まで書かれていたことを初めて知った。チャレンジャー乗組員七人の合同追悼式のレーガン大統領のメッセージに涙し、宇宙飛行士の冥福を祈る日からはじまってい た。独りの丁寧な暮らしを綴った母の筆跡。書かれた文字がしみじみ胸に滲みてくる。

母は二十代で亡くなったという妹と二人姉妹と思っていたら「五人きょうだいのうちわたしひとりだけが長生きさせていただいた。」とあり、驚いた。同級会のうきうきする楽しげな打合せ、小さな町で八十五歳の小学校の同級生が五人もいる幸せ。その日のご馳走まで書いてある。

今日は六十八回目の結婚記念日というのに思わず笑ってしまった。母の結婚記念日など知らなかった。逆算して大正八年、二月十五日、十七歳の花嫁は隣町から歩いて来たのだろうか。当時の二月はもっと雪も深かったろう。娘の頃、寒中は夜になると、寒修行のおばあさん達が鈴を鳴らしながら街を回っていた。一人がやっと通れる馬の背のような雪道を御詠歌を唱えながら通ってゆく。マントの裾を雪で白くしながら……。鈴の音が聞こえてくると母は「炬燵に入っていてもったいないことや」と座り直していたのが思い出される。

はじめて知ることが多く、意外に母親のことを知らないものだと気づいた。何でも感謝している母。わたしは総菜を届けたり、雛祭りのお寿司を持って行ったり、さっさと宅配人のようだ。梅雨に入るといっそう腰痛がひどくなり、ひたすらわたしを待っている。

もろもろの思いがこみあげてきて、長い間、読み通せなかった。義母とは三十数年一緒に暮らしたけれど、母は亡くなってからそばにいるのかもしれない。

縁側で庭を眺めると「この家をお守りしているの」と言っていた母が躑躅の陰に草を毟っている。

母の家　Ⅱ

「状箱」とは　何？
どなたからどなたへ　どんな書状が入れられたのか
古い生家を建て直したら出てきた

火鉢　鉄瓶　炭籠　茶釜
高脚膳　卓袱台　煙草盆　水差し　屛風……
懐かしい道具たちのなかに
遠い昔　孫娘の嫁入りにと母の祖父が持たせたものだろうか
「状箱」と書かれた黒い木箱に納められて
沈金の梅の花　松の葉も艶やかな
輪島塗りのまるで細身の玉手箱
房のついた海松色《みるいろ》の紐をほどくと
巻紙の手紙はなくて
ぽつんと　パラゾールの空袋がひとつ
たぶん母が四隅を切っていれたのであろう
慎ましく　寄り添ってくれているようで
そのままパラフィンの空袋を仕舞った

母の死後十年も空家のままだった生家
夏ごとに身の丈ほどの草に埋った庭

蔦に襲われた部屋も昔に甦り
息づく松　泰山木　百日紅　金木犀……
母の渚に帰るように
週末　通ってゆくと
ざわざわと想い出が話しはじめる
きょうは　立春
咲き初めた梅の老樹につもった雪もとけて
花も　雫も　きらきらとまぶしい
つくばいのあたり　ひとの気配もして
妣《はは》の声がする
　　さぁ　入られませちゃ
　　　どうぞ　　どうぞ
　　　　ようこそ　　ようこそ

青い炎

音を消し　目をつむると
みえてくる　母の深い悲しみの跡
言葉にもなれず
どこにも刻《しる》されず
零れる涙にもなれず
日々の暮らしに隠されていった
ひりひりする心の傷みを
ながい歳月
月と星々が読みとってくれただろうか
亡くなって十七年も経つ今頃になって
母の悲しみの炎が
夜の橋を　渡ってくる
ほの　ほの　と　もえる青い炎が

やわらかい闇のなかで
わたしは待っている
ほの　ほの　と　もえる青い炎を
抱きしめようと　ない翼をひろげて

浜昼顔

――花や葉の影　砂地に模様

亡くなった母の文箱から新聞の切り抜きや手紙とともに、母の友人Nさんからの古い暑中見舞のはがきが出てきた。「五十年前（昭和十一年）の今日、七月二十四日、四方《よ》野《かたの》割《わり》へ五歳の息子を連れて遊びにゆきました。母も元気でむかえてくれました。裏木戸をあけるとすぐ海でした。その時は今のように服もなく、暑いのに絽《ろ》の着物に帯をしめていきました。五十年の月日は夢のようにすぎました。お互いに長生きさせていただきましたね……」

それはうつろに閉ざされた心の裏木戸をぱっと開けて幼年の日の海を見せてくれた。

昭和十一年はまだ生まれていなかったけれど私の子供のころ、四方の海岸は砂浜が遠くまであった。初夏には小高いところに淡いピンクの浜昼顔のさみしい花がたくさん風に吹かれていて砂地に映る花や葉の影が模様のように続いていた。

なぜか不安定な場所に咲く浜昼顔、油断すればすぐに崩れてしまう家庭という砂の城を、気づかれない声をたえずあげながらけなげに守っている女の姿にどこか似ている。

樹齢千年の大ケヤキがある西岩瀬《にしいわせ》諏訪神社の近くに母の実家があり、彦助《ひこすけ》の浜もすぐであった。まだ元気だった母にせがまれてそのあたりまで海を見に行ったことがある。その時のうれしい表情が忘れられない。

老齢に記憶もとぎれがちとなり、母は夢と現実の波打ち際を打ちよせられたり、さらわれたりしていた。眠りながら「お母さーん」と呼ぶこともあった。あれは夢の中であどけない少女に還って浜辺を駆けていたのかもしれない。病院でひたすら私を待っていた母。親には生きて子に与えるものもあり、死によっても与え続けるものもあるという言葉を思い知らされる日々である。

母よ
いまは　わたしが還ってゆく
日に　夜に
あなたの渚へ

富山湾の海辺から

わたしの家の窓から二つの巨大なピンセットのようなアルファベットのAのかたちが白く輝いて見える。目下建設中の新湊大橋の主塔である。

日本海側最大の斜張橋の高さは百二十五メートルで遠くからも見える。夢の大橋と言われながらいつ実現するのだろうかと何十年も待ってきたが、巨大な橋脚がビルのようにいくつも現れはじめている。二〇二〇年代前半といわれる完成が待ち遠しい。

昭和四十三年、富山新港開港によって東西地域が分断され、私たちの町は行き止まりになってしまった。車は遠く迂回することになった。いまその港口を結ぶ全長三・六キロの橋（主橋梁部六百メートル）が架けられようとしている。富山は海と山が近く、三千メートル級の山並みから千メートルの深い海まで、急流あり、平野ありのコンパクトな地形で、いつも海を感じ、立山連峰を仰ぎながら暮らしている。山から一気に富山湾に注ぐ急流の大きな川がいくつもあり、富山市へ出かける時は神通川《じんずうがわ》の神通大橋を渡る。

わたしの住んでいる町は日本列島の真ん中にあたり、日本海側の富山湾沿岸のほぼ中央にある。生まれたのはここから東に八キロほどの町なので、東京で暮らした学生時代と結婚して一年余りの六年に満たない期間をのぞいて、人生のほとんどをこの地に暮らしてきた。東京で結婚して夫の実家での開業に富山へ帰ることになったときは、とても落ち込んだのに、年齢とともに住む土地に深い愛着を感じるようになった。人は住む場所を選ぶことはできないけれど、緑ゆたかで海や山に恵まれた富山に住んでいることにしみじみと幸せを感じている。文化的なイベントは東京に集中していて残念な思いはいつもしているのだけれど。

ことし（二〇〇九年）六月の終わり、東京へ行った日にホテルマンからと知人から「映画〈劔岳　点の記〉を観られましたか」と聞かれた。その劔岳《つるぎだけ》の立山連峰は二階の窓からも道路からも、いつもマイカーで走る田圃の道からも朝に夕べに仰いでいる。曇っていても雲のむこうに山脈《やまなみ》を見ている。生まれてからずっと暮らし続けてきたので気づかなかったが、立山山麓にある西田美術館を訪ねた折、山口館長さんは、外国からのお客さんを空港で迎え、ハイウェイを走って海と立山連峰が同時に見えてくると、いっせいにみんな「ワンダフル！　ミラクル！」と叫び、たいそう喜ばれると話された。そういえば先日、アーサー・ビナードさんの『左右の安全』（二〇〇七年　集英社）を読んでいたら、「ぼくの生まれたミシガン州は、海をもたない。／大西洋までは約千キロ。海をはじめて見たのが十歳のころだ……」とあって納得させられたのだった。

家の前の道は昔の浜街道に続いていて、この道は二百年前（江戸時代後期、一八〇三年）、伊《い》能忠敬《のうただたか》がこの地の測量家、石黒信由《いしくろのぶよし》とともに海岸測量をした街道である。石黒信由は射水郡高木村出身で和算やヨーロッパ数学などの学問を測量に生かし、驚くほど精度の高い地図を残している。新湊博物館にその「加越能《かえつのう》三州郡分略絵図」、「射水郡分間絵図」や測量器具がある。その地図にこの地の浜街道や地名が刻まれていて、江戸時代もいまの名であったことにうれしくて興奮したものである。わたしの住む新湊市が平成の合併で射水市となった時の喪失感は深かった。地名には長い歴史があり、人々の愛する名でもある。現在の地図に近い将来、新湊大橋が書き加えられるのを楽しみにしている。

石黒信由さま

数学にも地図にもめっぽう弱いわたしが

なぜかあなたの地図にとても惹かれます
和算の集大成『算学鉤致《さんがくこうち》』の著書があり
越中の伊能忠敬と称される測量家のあなたが
ここから四キロほどしか離れていない
射水郡高木村の生まれだからかもしれません
加賀藩の命で測量した『加越能三州郡分略絵図』は
現在の地図と変わらぬほど正確で
忠敬の日本全図とともに近代地図のさきがけといわれています
一八〇三年八月三日　沿岸測量のため越中を訪れた忠敬を
あなたが止宿先の放生津の柴屋彦左衛門方に訪ね
翌日　四方町まで同行して天体観測や測量を見学した記録は
なんと胸躍らせることでしょう
一八二三年作製の『射水郡分間絵図』の複製を見ていると
その浜街道が生き生きとみえてきます
放生津　堀岡新　古明神　浜開　海老江　打出　四方町
四方町に生まれ堀岡に嫁いできたわたしに

地名はむっくり起き上がり
二百年前の田んぼや村や町を呼び覚まし
わたしの記憶を遡り
亡母の記憶を遡り
そのまた母の記憶のなかへと
遡って語りかけてきます
立山から陽が昇り奈呉の浦に沈む夕日を
あなたも見ていらしたことでしょう
ことしはじめて海から昇る太陽を
オーストラリアのゴールドコーストで見ました
砂浜で初日の出を待っているとき
あなたの両半球図*が蘇り
オーストラリアの右肩あたりに自分の位置を確かめました
人は生まれるとき母からと
その風土からも血をもらって
みえない血が自然と人間の間を流れ

溶けあっているのではないでしょうか
生まれた村の名を号にしたり
ふるさとが懐かしいのは
風土と共有している遺伝子が呼ぶのでは　と
そうであれば　あなたの村から
時を越えて　そのひと雫が　わたしの上に
ひとひらの雪のように降りかかってほしいと
降りしきる雪を見ています

＊　両半球図　江戸時代後期ロシアのラックスマンが日本にもたらした絵図で、信由の収集品。

海王丸のいる風景

橋から富山湾を俯瞰すると
立山連峰のパノラマに抱かれて

黒部の生地《いくじ》から能登半島まで一望され
弓なりの海岸線　生まれた町も
同じ海沿いの町に嫁いで半世紀余り
病む地球の揺れ動く小さな列島の
日本海を臨んで

息をのむ銀嶺の立山を
どんな言葉で表せばよいのか
いまも　わからない
大波を捲れば
家持が颯爽と馬に乗って
この奈呉の海辺に現れるかも知れない

新港の建設のために新湊市は分断され
長い間　行き止まりとなった町
四十六年の悲願がみのって

平成二十四年　新湊大橋が架かった
海王丸パークに係留されている
帆船「海王丸」　乗船してみると
半分に切った椰子の実で磨かれた甲板
訓練生の汗ばむ掌を覚えている大舵輪
色とりどりの国際信号旗
海図に自船の位置を記入するとき
方位を測った井上式三角定規が
ヨットの形に置かれ
遠洋航海の写真は群れ飛ぶ白鳥のようだ
薬品棚と医療器具が並ぶ診察室
窮屈な椅子にどくとるマンボウが腰かけていた

一度も海外へ旅することもなく
逝ってしまった父母を連れて
登檣礼《とうしょうれい》*の余韻が漂う

風吹きわたる海原へ

＊　出航時に船員たちがマストに登り、見送りに来た人たちに「ごきげんよう」を三唱する帆船最高の儀礼。

寝息

思い出というものは不思議なかたちであちこちに仕舞われているようである。もう何十年も経つけれど、はじめて胎児の超音波診断の映像がテレビで放送された時のことだったと思う。いまは妊婦さんはみなエコーで赤ちゃんの様子を見せてもらえるけれどはじめてそれを見たときは大きな驚きだった。「あのテレビ番組を見なかったの？　池田さんに見せたかったなあー」いかにも残念という感じでSさんがいう。「お母さんが心配するとおなかの赤ちゃんもじっとそのようにして息をひそめているんだ」目を伏せて胎児のふりをしながら。その頃はほとんどテレビを見る時間などない暮らしだった。わたしはそれを見る機会はなかったけれどあまりに残念そうだったSさんのその時の様子が強く印象に残った。

実際に見なくても身ごもっていれば足を動かしたりしているのを感じるので一緒に呼

吸をしていると思っている。わたしは初めての子を死産した。誕生を目前にした九ケ月目にはげしく転んでしまい翌日からお腹の赤ちゃんが動かなくなってしまった。だんだん小さくなってゆくのが解るのに自然に陣痛がくるまで待たなければならなかった。赤ちゃんや子供ばかりが目について辛い苦しい日々だった。

その後、長女を授かった時の厳粛な張りつめた思い、生まれてはじめての親子の対面は赤ちゃんのおおきなあくびだった。祈るような日々だったのに退屈していたのだろうか。

夜中になんども赤ん坊のかすかな寝息を確かめていた。あの時の身を貫いてゆくしみじみとした悦びを忘れられない。

母を呼ぶ母の声

それは母が亡くなる二日前のことであった。あとになって考えると二日前だが、その頃は落ち着いた状態だったので、母の死が迫っているとは思われなかった。病室に入ると母は気持ちよさそうに眠っていて、声をかけそびれた。しばらくじっと母の顔を見ながら付いていた。そのうち眠りながら「お母ぁーさん」と小さいけれどはっきりと母が言った。一瞬、なぜか幼い母が大欅の樹の下を走っている姿が閃いた。母の子供の時の写真も見たことがないのに。世間では孫と一緒にお嫁さんを「お母さん」と呼んでいることもあるけれど、母にはそのような呼び方をする人はいなかった。寝息をたてながら母が嬉しそうに微笑んだので、なにかきっといい夢を見ているのだろうと起こさなかった。しばらくして「……きてくれたの？」と目を覚ましたけれど「お母さん、いい夢を見てたのね」と言っても、何のことだろうという顔をしていた。わたしの手帳にあるその日の一行メモ「お母さんうれしそうないい寝顔！」とある。

二日後、母は昏睡状態になり言葉を交わすこともなく逝ってしまった。あの時、母は娘に還って自分の母を呼んでいたのだろうか。何年経っても不思議で「お母さぁーん」というう少しあどけない色を帯びた声と嬉しそうな顔を思い出す。大欅の樹は海辺にある神社の樹で母の実家は神社のすぐ近くだった。姉もわたしも子供の頃はその境内でよく遊んだ。石垣がとても高くて登れないと思ったのにこれだけの高さだったのね、と去年の夏もその場所へ行って懐かしく笑い合ったものである。このようなことは誰にもあることなのかもしれない。あの日、聴いた「お母さぁーん」の声の響きを忘れないようにときどき、じぃーっと記憶へ耳をすましている。

母の家　Ⅰ

雪の降る夜は　なお切なく
呼んでいる
雪野の彼方

螢のように瞬いて

誰もいない家に
海鳴りを聴いて
死んだ母は待っている

今夜は珊瑚樹の茂みにひそむ尾長?
雪の上に　音もなく
あかい花びらを脱ぐ山茶花?
それとも飾り戸棚の古いお手玉
あれはいつだったか
端切れで縫ってくれたお手玉を
ふと　いたずらっぽく唄いながらしてみせたときの
思いもよらぬ鮮やかさ
忘れ難い記憶がよみがえる

何ものかの掌《て》によってしか
いきいきとうつくしい円弧を翔べない
愛のかたちを
知らずに教えていたのだろうか
遠い日
母に渦巻き飛沫《しぶ》いていた悲しみが
わたしの胸に打ちよせる

海辺

睡りの淵から
胸を圧するように　打ってくる
あれは私のなかの母だったろうか
大欅のある海辺

右手に聳える立山連峰
くっきりと稜線がみえる
ことし国内で初めて認定された氷河
三の窓　小窓　御前沢はどのあたりか
渚に立って深く息を吸い込む
定置網を揺らしている光る波
しなる水平線　船がゆく
寄せる波　帰る波
私と私のなかの母の鼓動が
海の鼓動にひびきあうようだ
（ここへ来たかったのね　おかあさん）
浜街道沿いのあなたの生家はもうないけれど
諏訪神社の樹齢千年を超える大欅の葉群れ
潮の香り　海風　草叢のなでしこ
家持　石黒信由*　遥かな祖たちも仰いだ立山

くりかえし　くりかえす　波の音
生まれていなかった昔の海辺に
夕陽が射している
幼い母が母の母とはしゃぎながら走ってゆく

巻貝は子らの夢の渚にうずめよう
遠い未来　海の響きに引き寄せられ
故郷の海に逢いに来るだろう
そのとき私は大欅の樹に棲む鳥であればいい

＊　石黒信由（一七六〇〜一八三六）射水郡（現・射水市）高木村出身。江戸期のすぐれた和算家・測量家。

遠い朝

昭和三十二年から四年間を大学女子寮で過ごした。寮舎は渋谷駅から宮益坂を登ったところ、学院まで歩いて十分ほどの木立に囲まれた閑静な一郭、渋谷区金王町《こんのうちょう》にあった。冬の朝、朝靄のかかった門から寮までの大きな木々の下の道を清掃する時、富山では冬は雪掻きが常だったので、乾いた道を掃くことが不思議な感覚だった。当時は渋谷にまだ高いビルは少なく、晴れた日は二階の洗面所から富士山が見えた。

入寮した時、五十名だった寮生は三年の時九十名になった。寮監の故山田初枝先生は毎朝、食堂に集ってくる寮生の一人一人にご自分の食卓のところで立ったままご挨拶をなさり全員の健康状態を母親のように気をつけて見ておられた。全員そろっての朝の食事から一日が始まった。食前に感謝のお祈りをしてお食事を頂く習慣も、毎日の夕礼拝を守る習慣も初めての経験だった。寮生はみんな地方出身なのでさまざまなまりの言葉が飛び交っていた。

寮舎は昭和四十一年に取り壊され、跡形もなくなったが、金王寮の同窓会は現在も三年に一度開かれていて、姉妹に会うように全国から集まる。木造二階建の寮は庭の草花まで鮮明に記憶の中にあり、門限は八時だったけれど恵まれた寮での忘れられない豊かな日々を感謝している。

老いた梅の木

樹齢七、八十年になるのではないかと思われる生家の老いた梅の木にことしもたくさんの梅の実が生《な》った。六月の半ば一ケ月ぶりに週末の我が家へ行くと濡れたアプローチに大きな見事な黄緑色の実がいっぱい落ちていた。亡くなった母は何十年もこの梅の実を梅干しにして横浜、下関、ロサンゼルスへと三人の娘たちへ送るのを楽しみにしていた。

この冬、雪で梅の一枝が折れ下がった。庭師さんに頼んで添え木をして結わえ、つっかい棒で支えてもらった。三月、あきらめていた枝につぎつぎに花がさいた。添え木をしたままの枝にも実が生った。全身を熱い苔に覆われた古木。いくつもの洞があり、中に異種の葉がでている。無数に罅割れ、かさぶたのような樹皮は痛々しいばかり。この老樹にどんな霊が宿り、どんな樹液が巡っているのか、その強い生命力に驚く。母が亡くなった後、十年も空き家のままにしていた。あれはいつだったか様子を見に行くと門の奥、誰もいない荒れた家の庭に満開の白梅が眩しかった。車を降りるとかすかな懐かしい香りが胸にせまった。あの日の梅の花が蘇る。門を入った左手で腕を差しのべるように枝を張っている梅の老樹は、亡き父母の気配を感じさせる木でもある。

梅の木

何歳になったのだろうか
草を生やす厚い苔に覆われた幹
無数に枝分かれした枝々
実家の庭の年老いた梅の木
洞のなかに　聴いてきた歳月の
遠い海鳴りが響いている

玄関先のその木の下で
賑やかに　記念の日は撮られ

ひえびえとした青春　佇んでいたことも
木に来る鳥たちを懐手して見上げていた父
嫁ぐ朝　肩に触れた枝の感触をいまも覚えている
梅雨の葉群れに生ったふくよかな実は
母の手製の梅干しにされ
ロサンゼルスに住む妹のもとへ
海を越えて　送られ続けた

母が亡くなり空き家だった頃
誰もいない家を見に行った私に
かけ寄ってくれた微かな香り
胸にこみ上げた　満開の白い花
根はどんな土に深く繋がっているのか
去年　雪で折れ下がった枝を支えておいたら
縛られたままの枝先にも花を咲かせた

梅の木の夢路に
通り過ぎていった家族の影は
映ることがあるのだろうか
雪晴れのきょうは　立春
びっしり並ぶ赤い蕾が息を整え
呼びかけを待つ瞼のようだ

雪化粧

音もなく雪が降っているらしいことは雪国に住む者には肌で感じられることだ。冬、はじめての雪が降って山も田圃も木々も真っ白になり、雪で覆われた立山連峰は霊気を帯びて迫る。雪晴れの一面の銀世界は心洗われる光景である。子どもの頃は春になるまで道の土を見ることがなかったけれど、地球温暖化を実感するほど雪は年々降らなくなった。雪深い山の人の「雪は財産です。」と言っておられた言葉を思い出す。一月、二月でも晴れた日が多くなり、むかしは四月になるまで見られなかった眩しい光が降り注ぐ。

昭和三十八年豪雪の冬（この年から豪雪という言葉がつかわれだした）。父に頼まれてすぐ近くの郵便局へ商用の電報を打ちに行った。電話が不通だったのだろうか。わずか三百メートルほどの道を人一人がやっと歩ける足跡をたどりながら行った。雪の中を泳ぐようだったことが思い出される。かつて富山の美しい風景の写真に詩を書く仕事をさせて頂いたことがあった。なかに雪に覆われた立山連峰の室堂あたりを空から撮ったものがあった。雪の深さ八メートルにもなるそのあたりは宇宙からも見えるという世界でも稀な豪雪地帯だと知った。その雪解けの水は富山平野を潤し、富山湾に注いで海を豊かにしてきた。それは父祖の代からずっとここに住む人々をも潤し粘り強いしっとりとした人柄を育んできたのではないだろうか。春さきの雪の薄化粧は陽射しにすぐに溶けてゆき、きらきらと眩しく木々を彩る。

春の道

その雪は
宇宙からも見えるという
雪原に
うねる一筆書き

立山黒部アルペンルート

世界有数の積雪量
室堂（標高二四五〇）で七・九メートル
七曲（標高一六八〇）付近で六メートル
除雪がすすむ高原バスの道路が描く
巨大な螺旋
〈銀嶺に春の道〉と紙上に
快晴の青い空　立山上空からの写真
眩しい雪原に刻まれた七曲のカーブ

月夜には
何者かが駆け抜けてゆくのだろうか

幼い頃
玄関先にいた祖母と私の目の前を
すばやく走り抜け
真っ白い蛇が我が家に入った

怯えて泣く私に
祖母は慌てず
白い蛇は神さま
捜してはいけないと

翌朝　母の叫び声
大きな円筒の米櫃の底に
きっちりと　とぐろを巻いた白い蛇がいた
遠い記憶から
白い影が滑り落ちてゆく

器量よし

子どものころ、「たま」という猫を飼っていた。黒と白のぶちで色の配分がすっきりしていて、鼻のあたりが白く、毛並みも美しくて艶があり、きれい好きな猫でいつも身体を舐めていた。母は「たまは器量よしやね」と言っていたが猫好きではなかった。猫当番はわたしで夜寝る時も一緒だった。わたしの布団に入ってくるとわたしの左腕を枕にしてわたしの胸に手をかけて眠るのだった。

あれは冬の寒い夜、いつもよろこんで喉をごろごろ鳴らしながらおとなしく布団に入るのに、その夜はいやがって入ろうとしない。たまは妊娠していてお腹がぐっと横に出ていた。おかしな歩き方だったが寒いわたしは湯たんぽがわりにぎゅっと抱いて離さなかった。そのうちたまはあきらめ静かになった。

夜中に膝のあたりが冷たく目が覚めた。わたしの布団の中でたまのお産がはじまっていた。たまの両脇を持って夢中で台所の隣の猫の部屋まで運び、母が用意していた藁を敷いた木箱にねかせた。朝までに五匹の目の開かないうすももいろの子猫が生まれた。たまは九年間に四十五匹の子猫を生んだがいつも少し大きくなると一匹ずつ咥えて近くの会社の倉庫のあたりへ運ぶのだった。毎日、お乳を飲ませに通っていた。年とって少し元気がないなぁと感じていたら　或る日、忽然といなくなった。

たまの帰宅

ゆうべ　夢のなかへ
ふらりと帰ってきた
猫のたま
このごろは母も訪ねてはくれないのに
喉を鳴らしながら
わたしのふとんのなかへ入ってきた
左腕を伸べてやると　枕にして

わたしの胸に手をかけるのも
昔のままだ
五十年あまりも　何処へ行ってたの？

器量よしのたまは
我が家にいた九年のあいだに
四十五匹も子猫を産んだ
子猫が少し大きくなると
一匹ずつ咥えて近くの会社の倉庫あたりへ運んでいた
雪の降る夜　おなかの大きいたまが嫌がるのを
無理にぎゅーっと抱きしめて眠ったら
夜中にふとんのなかでお産が始まったこともあった

年とって　ある日　忽然といなくなったが
猫は人目につかないところで死ぬんだよ　と
父は言っていた

でも　生きていたのだね
温かいすべすべしたからだ
冷たい鼻　安心して眠るお前

気にかかるYの未来を
心配しなくてもいいのだ
たまでさえ帰ってくるんだから
いつか　あちらへ逝っても
訪ねてゆくよ
夢のなかへ

ラスヴェガス

ロサンゼルス在住の妹が何度誘ってくれても長い間、家や介護から解放されることがなかった。十年前、ようやく夫とロサンゼルスへ行った。妹はラスヴェガスへも案内してくれた。ショウに息をのみ、カジノで時を忘れた。ニューイヤーイヴの華やかな賑わい。夜中の十二時には新年を祝って花火が揚げられるからホテルの屋上で見ましょうと約束していた。妹夫婦はカード・ゲームへ行き、夫ともはぐれて私はたまたま空いたダラー・マシーンでスロットをしていたら、マシーンが「エクセレント！　エクセレント！」と叫び出し、ジャンジャン出てくるわ、たちまち大きなコインカップが一杯になり、二つ目のカップも盛り上ってしまった。十二時近くになり、みんな屋上へ行ってしまい、私は二つのカップを抱えたままだった。そばにいるアメリカ人の男性は「グレイト！　ワンダフル！　僕はずっとこのマシーンでしてたのに全く入らなかった。あなたは天才だ！」と興奮して祝ってくれる。

あとで妹夫婦から「信じられない、花火の好きな姉さんが、スロットに夢中でいたなんて」とあきれられた。正直いってその時、♪ジャンジャンジャンジャンジャンと出てくるコインに怯え、どうすればいいのか分からないでいた。私にも隠れた才能があったのである。千ドルあまり気兼ねなくショッピングをした。

秋の椅子

一度も触れたことのない白い小さな木の椅子が秋の光に連れ出されてよぎる時がある。二十年は経つだろうか、雑誌の表紙の写真で庭にぽつんとひとつおかれていた。小学校の椅子のような素朴な木の椅子が記憶の草叢に何故いつまでも潜んでいるのだろうか。あの雑誌もどこかにしまってあるはずだが見当たらない。当時は覚えていた写真家の名前も記憶があいまいになってしまった。

あの椅子は壊れないでいまも元気でいるだろうか、あどけない子どもに腰掛けられて。ひとはいつから椅子を使うようになったのだろうか。埋蔵文化センターから届いたパンフレットに載っていた弥生時代の椅子はおふろの椅子とそっくりだった。

昨夏、ロンドン旅行で見たウインザー城の部屋ごとにクリムゾン、グリーン、ブルーと色が変わる豪奢な椅子たち、ウエストミンスター寺院の戴冠式の椅子（一三〇一年に作られた）

には誰でも触れられるので落書きがあった。代々、王になる人のどんな思いを支えてきたのだろうか。

わたしの机と椅子は娘が小学校から東京で結婚するまで使っていたもの。狭くて置くところがないからというので高い運送費を奮発して送り返してもらった。娘が勉強していた日々を懐かしみながら愛用している。肘掛けと座の一部が壊れてなかのスポンジと木が見えるけどすわりここちはいい。昔、「秋の椅子」という見えない椅子を詩に書いた。

秋の椅子

松虫草の群れるなかに
秋の椅子はあった
つめたいひかりを
待って

石仏の微かなほほえみを

うすく　なみだがながれ
山ぶどうの実に
くらい血のしたたり落ちる音がしていた

赤とんぼは
谷間をうずめはじめていたが
鳥は
帰れただろうか

あかるいカフェテラスで
やさしい声に頷きながら
わたしは
だれも知らない旅を
見つめていた

花火

昨年（二〇〇一年）の四月、東京への機中で新聞にアジサイ研究家の作家山本武臣氏のエッセイ「アジサイ、わが人生に彩り」が載っていて驚いた。五年前の誕生日に、娘が贈ってくれた花〈隅田の花火〉の発見者で、白い八重の飾り花を支える茎がひょろりと長く花火が散ったように見えることからこのガクアジサイを花火と名づけられた命名者でもあった。私は初めて見る美しい花〈隅田の花火〉を書いて詩誌「橋」に載せていたのでお送りしたところ、小説『あじさいになった男』を送って下さった。生きることに疲れた主人公五味粕造がアジサイに出会って人生を変えるという幻想的な物語で、それまで知らなかった数多くのあじさいが華やかな彩りで心にゆらいだ。山本氏編集のアジサイ図鑑『日本のあじさい』には三百種類ものあじさいが収録されている。娘からプレゼントされた見事な隅田の花火は挿し木にともらっていった人たちの庭に白く大きな花を咲かせたが本家のわが家の庭には根付いたものの何故か花は咲かなかった。日陰すぎたのではと案じていたら今年は願いをききいれたように清々しい白い花火を涼しく打ちあげた。たった六つだったが何枚も写真にとった。五月に出版した拙詩集『母の家』に「隅田の花火」も収録したので山本氏にお送りするとお礼状に、

……数多くのアジサイを命名、世に出した私ですが顧みるとハナビが最も広く世間の人の好感を買ったといえるかもしれません。千葉県の女性画家などもこの花を描いています。外国でも大人気で先日もカナダの業者がオランダでハナビの名で買い、あまりの美しさに驚き販売を始めましたが大人気でこの花の発見者に礼をせねば（パテントを支払う）と私を捜しあてて御丁寧にもその旨申込んできました。実際はそういう配慮は不用なのですが……

とあった。

私にとってもこの花はその後も次々と何かよいことを届けてくれている。

隅田の花火

何歳か忘れました
やさしい言葉が添えられ
誕生日に娘から届いた
初めて見る花　隅田の花火*1
いま開いた花火のように
星形の二重の花が
尾をひいて弾けている
〈なんだ、白い花か〉夫は云ったが
こころの闇夜に
色とりどりの花火が開いて消えた
沁みる余韻を曳いて

わたしの生は誰かの記憶に

線香花火ほどにも瞬けるだろうか

隅田川の花火はテレビで
神通川[*2]の花火は昔から何度も
二里離れた生家からもみえたが
花火は消える瞬間がうつくしい

ドドーン　ドドドーンと
いくつも打ちあげられた
待合室のみごとな花に
患者さんは口々に挿し木にしたいと
何人もの人にもらわれていった
庭に植えた隅田の花火には
もう　若葉が息づいている
街のあちこちに小さな花火があがるのは
いつの夏であろう

＊1　ガクアジサイの一種。

＊2　富山県中央部を流れて富山湾に注ぐ一級河川。

黒部の春

霰《あられ》が降ってきた。小さな生きもののように庭の黒い土にはね跳んでいる。長く降りつづかない心意気がいい。次は少し寂しい詩「霰」の一連である。

ひややかな歳月の樹海に
沈められていた想いが
ふいに嗚咽となってあふれるとき
哀しみは
哀しみをこえて
涙を凍らせるだろう

山々は雪に覆われただろう。元日に放送される北日本放送のテレビ番組の詩を書くことになり、黒部峡谷の四季を取材した貴重なビデオをもらった。秘境と呼ばれるにふさわしい黒部峡谷と、その厳しい自然の中に生きるさまざまないのちに深く心を奪われた。花や樹、クマ、カモシカ、サル、テン、カワガラス、イヌワシ、雷鳥など、ことに野生の猿の生態に心洗われた。これまで人に飼われた猿しか知らなかったことを痛感した。あれは猿ではなかった。

ブナの木がたえまなく実を落とすブナあらし、ブナの木は五、六年に一度豊作となり動物たちに食べつくされないほど実をつけ新しい生命を残すという。二万年前の氷河期を生きのびてきたハクサンイチゲ、チシマギキョウなどの高山植物のかれんな花など、生命の神秘を思った。

小さな生命

——鮭孵化場の写真によせて

生まれた川の生まれた支流にもどってくる鮭はどんな力をはらんでいるのだろうか。はるかアラスカの方からどうして母川のある方向を判断して帰るかについては、太陽コンパス説、地磁気説、海流説などがあり、母川の沿岸にもどった後に母川を選ぶには川水のにおいを手がかりにしているらしいと言われている。傷だらけになりながら急流をさかのぼるすさまじい様子は何者かの化身かと思える。

小さな生命にも魂があるなら
こんなにたくさんの魂を
ヒトがこさえてもいいのだろうか

いつか烈しく傷つきながら
何者かの化身のように
帰ってくるのを知りながら

かたくりの花
――雑木林の日だまりに

〈覚えたことはすぐに忘れるというのがわたしの流儀で……〉と、まるでわたしのためのような言葉をさらりと詩に書いて下さっている菊田守《きくたまもる》さんには、カラスへの愛情のこもった詩がいくつもある。チェッコ語ではカラスのことをカフカというそうである。あの変身の詩人カフカがチェッコの空を飛んでいるのである。辞書には疑問の鳥と書かれ、鳥類図鑑ではいつも最後のページにピリオドのようにのっていることも知った。わたしのカラスへのイメージは一変し、親しい存在になった。

田圃の道を車で走ると、雪におおわれた田圃にカラスがたくさん？（クエスチョン マーク）をつけて田の悩みを一緒に考えているようであったし、四十キロ制限の交通標識の上に、一羽が疑問の形で首をかしげていたりする。

鳥といえばだれもいなくなった母の家を訪ねていったら、庭に棲《す》みついているのか、二羽の尾長がゆったりと木から木へ波をこえるように鮮やかな水色の羽をひろげて飛んでいたことがあった。このあたりにもいろんな鳥が来る。火力発電所の前の通りでは、道路を横断しているキジに出会ったりする。

木々の芽ぶく音がきこえてきそうな日差しになってきた。

だれにも言わないでほしい
林が隠しているあそこでは
はずかしがりのかたくりの花さえ
妖精の気どりで群舞する
幻の鳥になってみたり

よろこびやかなしみの錘《おもり》で春の重さは量られているだろう。大きな声より小さな声の方が心にとどくこともある。何気ない言葉に励まされるこのごろである。雑木林の中のぽっかり忘れられた日だまりのように、心にも慌ただしい日常のいらだちや悩みに踏みこまれない余白を残しておきたい。むなしい空洞ではなく、どんなことも素直に受けとめられるぬくもりのある土のような余白を。
ふいに、風花のように舞ってくるものがあるかもしれない。

良子さんの讃美歌

三年ごとに開催されてきた女子寮の最後の同窓会の案内が届いた。東京渋谷金王町（宮益坂を登った右側）にあった寮が取り壊され、なくなってから四十数年経つのにそこで過ごした四年間は昔のままにそれぞれの胸に残っているようである。女子寮の面接試験で「真宗王国の富山は一番キリスト教のはいりにくい県なのですよ」といわれた。寮生は日曜日に教会へ行くことが義務づけられ、毎日、礼拝があり九十人そろっての夕食後に聖書を読み、讃美歌を歌った。私には大学を卒業するまでのことだったが、みんなと共有した祈りのときが今でもときおり甦って、心を宥めてくれる。

荻窪に住んでおられる友、良子さんは隣の短大のシオン寮だった。歌人で詩のよき読者であり、よく響く声、きれいな言葉遣い、落ち着いた爽やかな話ぶりの彼女はわたしの隠れ家のような存在。電話で讃美歌の話になり、彼女はお母さんの形見のオルガンを弾きながら讃美歌を歌っておられ、クリスチャン三代目であることを初めて知った。リクエストして讃美歌を歌ってもらった。被災された方々に届いてほしい静かにしみる歌声に目を閉じた。

青の曲線

目を閉じると鮮やかに浮かぶ鳥がいる。もう何年も前に見た尾長だ。生家は母が亡くなってから、十年あまり、空き家になっていたが、ときどき、風を入れに行っていた。数ヶ月ぶりに訪ねた折、縁側のガラス戸を開けると、高い泰山木の樹からゆっくり羅漢樹の方へ二羽並んで移った。それはなにかスローモーションの映像を観るような感じだった。大きなうねりを描く青い曲線がいつまでも目に残った。あのようにゆっくりと鳥が飛ぶことを知らなかった。尾長は空き家だった家の広い庭に棲んでいたのかも知れない。あまりに印象的だったのでその頃の切ない記憶とともに今でもときどき蘇る。

青い鳥で忘れられないのは第一詩集『風の祈り』を出した時、詩人の伊藤海彦さんから頂いたはがきの切手に止まっていた瑠璃カケスである。のびやかで肉太な筆跡と瑠璃カケスがひびきあっていた。

三人姉妹で昔の思い出を話していても、つまらない事は私の記憶に残っていて、肝心のことは大方忘れている。記憶のありかたもそれぞれなのだろうか。

夜の庭

「地球は草の香りで迎えてくれた」
四ヶ月半の長期宇宙滞在から
帰還した宇宙飛行士若田光一さん
気づかなかった答えが身体にしみとおった

母が草を毟る百坪足らずの庭
旅行もかなわなかった父は
「潤馥苑」とひそかに名づけて
借景の立山連峰を拝み
朝夕　なにかを考えながら眺めていた

ふつふつとこみあげる思いを
宥めるように草を毟っていた母

月夜の碧青の光に浮かぶ庭
主のごとき松　泰山木　一位の木
ことしもたくさんの実が生った梅の老樹
百日紅　金木犀　つつじ　灯籠の陰の山茶花
粉雪の花が匂っている柊　羅漢樹
深い翳りに潜む記憶の数々を
星座を繋ぐように
風が呼び覚ましてゆく
水甕に落ちる雫の響き
遠い日の文字盤に触れて
囁く樹々よ
逝ってしまった家族より
ながく住み続けるあなたたちに

目を伏せて伝えたい
底知れない不安と苦痛の日々を刻んで
奇蹟のように生まれ　まだ五十日の家族を
どうか見守って欲しい　と

解析

中学の同窓会で二年先輩のNさんと席が隣になった。教室で私が何列目に座っていたとか着ていたセーターの刺繍を覚えている。可笑しな記憶の人で驚いた。それはその頃（昭和二十六～二十九年）、近所に引っ越してきた編み物の得意なおばさんに編んでもらったもの。私も話しているうちに思い出した。私は勉強が好きなほうではなかったので、いつも小さくなっていたのだが、何か気になる下級生だったと。Nさんは中学でも高校でも好きな科目は数学だったこと。分からなかった解析が夢のなかで解けたことを話されて数学に弱い私は凄い人がいるものだと感嘆した。夢にも抒情的なものと論理的なものがあるようだ。

先日、なにげなく手にした雑誌「サイエンス」に夢の中で問題を解くことがほんとうにあることが載っていた。就寝中に現実世界での発見をつかんだ数学者ニューマン、近年では工学者のホロウィッツがレーザー望遠鏡の制御技術を、ファンが光コンピューター技術を夢を通じて考案していることなど。また夢の訓練法で、ある事柄について意図的に夢を見ようとする行為は夢見の籠もり（ドリーム・インキュベーション）と呼ばれ、これによって夢で答えをつかむ可能性を高めることができる、と述べられている。ならばと、この一週間、さまざまな気がかりを押しのけ、眠る前にどうぞ詩の一行が降りてくるようにと強く願いながら眠るのだが、いまだにその気配さえない。

故郷の魔力

胸を焦がすような想いも無縁なのに半世紀も一緒に暮らしてきた不思議。気難しい短気な連れあいにひたすら仕えて、いつか大声でお返ししたいと思ってきたが、その機会もなさそうである。

半世紀前の春、上京した折に国立第一病院に姉の舅を見舞った。病室で紹介された主治医は私の町から電車で四つ目の町の出身だった。東京で同郷の人に会ったという魔力にかかったのか、その秋に私たちは結婚した。新婚旅行の列車の床に散らばっていた夕刊の大きな活字「ケネディ大統領暗殺される」はいまも鮮明に蘇る。青春の形見の処女詩集『風の祈り』は出版が遅れて結婚後に出来た。

「こんなもん、川に捨ててしまえ！」と怒鳴られた。一年半で富山へ帰り、田舎の小さな開業医の昼も夜もない日々がはじまり、新聞さえ読めなかった。

相変わらず口は悪いが医師としての姿勢にはひそかに敬意の念をいだいている。残された時間も少なくなったせいか、私の「岸辺に」のコンサートに一緒してくれる変貌ぶり、心から感謝している。

二人でなんとか一人前と思うことが度々ある伴侶である。

らふらんす

幼い頃
町に二台あった　赤い自動車
〈らふらんす〉と教えられた
小学生の頃もずっと
消防車を〈らふらんす〉と思いこんでいた
まあるく　やわらかい響きが好きだった

おとなになり

そんなことも忘れてしまっていたけれど
何十年も経って
香りのいい西洋梨
ラ・フランスが街に出まわるようになった
「ねぇ　消防車を昔〈らふらんす〉って言わなかった?」
夫に訊くと
「知らんなぁ　らふらんす?」
おたがいの生家が四キロほどしか離れていないのに
「消防車は消防車だよ」とそっけない
あれはわたしの錯覚だったのかしら
フランスと関係があるのかも……
謎は謎のままになったことも忘れて
何年も過ぎ

そして今日
何気なく読んでいた新聞

とやま弁大会の記事にあった！
大正時代に富山市に初めて導入された消防車は
外国のラフランス社製だった
ラフランスは富山弁で消防車を指すと
やっぱり〈らふらんす〉と呼んでいたのだ
心のなかで
　ら
　ふら
　ん　す
迷子だったやさしい言葉が
昔の町へ帰っていった
赤い消防車になって

過去の駅から

小学校六年の時F小学校に転校したのでC高校を卒業するまで四方町から富山市まで電車で通学した。射水線というローカル線で朝と夕方は二両で、たいていは一両。富山―高岡間を走っていた。田園の中を走るのだが朝は左側に夕方は右側にずっと立山連峰が見えて毎日見飽きることがなかった。

転校したばかりの頃、帰りの電車で眠ってしまい、気がついた時は降りる駅を発車したところだった。定期券のほかにお金などもっていなかったが「気ぃつけて行かれ」と運転手さんはやさしくいってくれ、次の駅で降りて日の沈みかけた海岸沿いの松並木の道を家までとぼとぼ歩いて帰ったことがある（この道は二百年前伊能忠敬と石黒信由が測量しながら歩いた道）。いまもこの道を通るとほんとうに家へ着けるのだろうかと胸がかたくなっていたあの日が思い出される。

中学、高校と家へ帰りたくない日が続いた。家へ帰るよりほかはなく、帰りの電車の窓から夕日をあびて染まる立山連峰を見ていたときの寂寥の沼に吸い込まれてゆくような思いも忘れられない。

黄昏は
神様の睫

噴きあがる血を背に
ヒマラヤ杉はするどく孤独に耐え
山脈の雪は
あなたのまなざしにふれて照り映える

翳りは余韻のように
つたわって

ああ

美しい罠のような
落日

と詩に書いている。
東京で引き逢わされた夫の実家はこの電車の沿線で西へ四つ目の町だった。生まれてから二人とも電車で十五分ほどしか離れていない町で知らずに暮らしていたのだった。生活の一部だった射水線が廃線になって二十年余り、夢のなかでゴトンといまはない懐かしい駅に停まることがある。

射水《いみず》線　過去の駅から

夢のなかで
電車は大きく息をついて
ゴトンと停まった

前に拡がる田園
海沿いの町を三日月形に走る線路
右端の木立の陰から現れてくる電車
左からカーブを曲がってくる電車
単線のローカル線　車両がすれ違う四方駅
朝夕は二両編成　日中は一両
速くはなかったけど　ほっとしたあの振動
人々のぬくい暮らしを乗せていた

魚の行商のおばさんたちの話し声
野川をよぎるとき弾いていった木々の枝
山間の八ヶ山は急勾配の階段を上ると
山桜の公園へつづいていた
ドアが開く度に草の匂いが滑り込む初夏
夏じゅう炎をあげていたホームの赤いカンナ
波打つ稲穂のなかから白鷺の群れが

連れ立って追ってきたことも

家には海鳴りだけが待っているだろうか
夕陽が田園の遥か彼方に沈んでゆき
雪嶺の立山が茜色と翳りで彫られてゆくのを
ひりひりする心に映していた

烈しい雪の夜
最終電車が八町駅で立ち往生
線路伝いに十二人　一列になって歩いた
振り落としても　振り落としても
傘の雪はまたたくまに重く積もり
ぼうっと白い闇のなか
三駅を歩いて帰った

遠い昔に廃線になった射水線

発車するときも停車するときも
なぜか気合が入っていた
乗っているわたしたちも息を合わせていたようだ

いつか
あの木立の陰から現れるのだろうか
風だけを乗せて

先生の毒舌

昭和四十年に開業した私どもの医院をこの九月三十日で閉院した。開業以来、四十九年多忙な日々に追われてきた。二人の子供は医者になってくれたが跡を継ぐ者はおらず、決断まで悩みぬいた。年齢的にも限界であり、倒れてしまってからでは医者としての責務を果たせないと夫は連日連夜紹介状を書き、閉院の案内を提示してから毎日、患者さんに泣かれ、手を握って離さない人、ああそんなこともあったと思い出す事柄はそれぞれの方の忘れられない記憶として大切にしまわれていた。胸の熱くなる日々だった。三代にわたって診てきた家族も多くおられ、患者さんの命と人生相談にも携わらせて頂いてきたことに感謝している。

辛抱強いスタッフに恵まれ、長い間家族のようでもあった。緊張した日々の暮らしも辛かったことも今はすべてよしと思える。「先生の毒舌が聞けんようになると思うとさみしいねぇ……」と言ったのは四十九年前の夏、お母さんに抱かれていた男の赤ちゃん。いまは高校の先生。いつも荒っぽい言葉をそばではらはらして聞いてきた私も苦笑いであった。

虹

「帰ってくるとき
あなたの好きでない
丘の路を通ったの
坂を降り
右折して広い道路へ出たら
びっくりするような
大きな虹が
両脚をどっしり田んぼに下ろしていて
どこも欠けていない半円形なの

信号で止まったとき
ハンドルを離して
すばらしい！　って
思わず拍手したわ
色も濃く鮮やかで
そのアーチの下をくぐるつもりが
虹はどんどん後ずさりして
わたしは途中で農道へ曲がってしまったけど
あんな完璧な虹は生まれて初めてよ」

夫は検診で診た若いひとのことが
気にかかっているようで
「ん――」と　うわの空
美しい巨大な虹を見たわたしは
黙って　夕ごはんを食べながら
もう一度　さっきの虹を

胸の原っぱに架けてみた
五十二年目の結婚記念日

父と火鉢

この頃、火鉢の傍で庭を眺めながら考え事をしていた父の姿を思い出す。実家の茶の間は座敷と並んで南向きでどちらも縁側から庭に降りられた。その火鉢は一本の木を刳り抜いたもので、大人が三人で囲んでもゆったりしていた。あの感触は桐の木だろうか、元はどんな山辺に立っていた木だったのだろう。誰もいなくなった家を一人で片付けながら、次々に「不要」と書いた付箋を貼りつけた。あれはどこかへ捨てられたのだろうか。

火鉢の火をいつも上手に熾した父。消えかかった炭火も父がちょっと火箸で炭を起こすとすぐに赤く燃えてくるのだった。

「寝かせちゃだめだよ、立たせてやらなきゃ……」

兄が家を出た夜、父と火鉢をはさんで長い沈黙に耐えていた。

音を立てている鉄瓶の湯気をじっと見つめていたことが甦って来る。柔らかい木肌、年輪が浮いていた手触りも懐かしい。あの火鉢には父の淋しさが刻まれていた。訪れた多くの人たち、父が淹れるとろっとしたお茶を愉しんだ人々も亡くなって久しい。仕事ひとすじだった日々。唯一の楽しみは庭だった。

　久しぶりにその部屋の火鉢のあった場所に座って庭を眺めていると鳥が一羽さっと水鉢で水浴びして飛び立った。

縁側

縁側で　酒を酌み交わす
口髭の永井先生と父
ひとつのお膳を二人で——
杯をたかくあげて笑っている先生
身を乗りだしている開襟シャツの若い父
そばのお盆には銚子と漬物らしいもの
胡坐《あぐら》の膝におかれた父の左手のタバコが

五十年前の煙をもやっている
弾む話し声がこぼれてきそうな一葉
昼間から酒盛りとは
働きづめだった父の珍しい写真
病身だった父に禁酒を言い渡したのは
永井先生だったはず
庭へ出て　この穏やかな一瞬をカメラに収めたのは誰だろう
兄だろうか
生涯　理解しあえなかった父と息子
数えきれない父の不眠の夜
しらじら明けていったわたしの夜

今夜は　中秋の名月
蒼い光に沈む　誰もいない生家

庭木の影が揺れる障子を開け

亡母《はは》が呼んでいる
　いいお月さん出られたがいね
　見られんか　見られんか
　はよう　ここへ来られんか
〈月々に月見る月は多けれど月見る月はこの月の月――〉や
逝った姉や兄たちもそろそろとあつまって
いまは睦まじい父と母

脆く壊れやすい家族に
寄り添ってきた余白の木の肌触り
いつか　くるだろう
誰の記憶からも消えてゆく日が

炭籠

実家の納戸から
昔使っていた炭籠が出てきた
どんな職人が拵えたのだろうか
形は少しも崩れていない
底が四角で　上部は丸い
細い竹を黒く染めて編んだ軽い炭籠
いつも父が座っていた大きな火鉢の傍にあった
炭籠
父の淋しさが蹲っているようだ

今日か今夜だろうと
病室に十数人の親族があつまり
ロサンゼルスから末娘と三歳の孫もきたのを

薄目をあけて見て
「みんなそろたがなら　死んがやめた」
最後の冗談をいった父——
姑に呼び返されて私は帰り
翌日の旅立ちを見送れなかった

風鈴

六人きょうだいが三姉妹だけになり
年に一度は会いましょうと
会えば夜更けまで父母の思い出がつきない
若いお嫁さんだった頃
父と妹が我が家へ時節の挨拶にきた
帰り道

「あれは泣いた顔だったね」
ばーっと涙をこぼす父に
どう対処すればいいのか困ったわよ
四十年経ってはじめて聞いた
父が亡くなってからでも
二十七年経っているのに
「詩は書いているのか」
唐突に尋ねたのは優しい言葉のつもりだったのか
ほどかれてゆく記憶に
風鈴が鳴っていた

三八の豪雪

　五百羽近いアネハヅルがV字編隊を組んでヒマラヤ山脈を越えてゆく。山越えを幾度もトライしながら、ついに上昇気流を捉えて六千メートル級のヒマラヤを越えてゆく。TVの映像に惹きつけられた。アネハヅルは現地の人々に「風の鳥」と呼ばれていると言う。小さな鶴の持つ驚異の能力に感嘆した。

　人は気難しい気象に耐えるしかないようだ。昭和三十八年の大雪は忘れられない。その年も雪はいつものように降っていたが、一月十五日から大粒の雪が降り始め、何度外を見ても赤ちゃんの掌ぐらいの雪が真っ直ぐ降っていた。

　連日同じように音もなく降り続き、見る間にうず高く積もっていった。二十二日まで止むことなく降り続き、不気味な威圧感でひしひしと迫られるようだった。怖ろしいほどの静寂だった。あの頃は電気ストーブと炬燵、火鉢の暖房で天井の高い家は冷蔵庫のなかにいるような寒さだった。

父は商売の連絡が出来ず、私は頼まれて郵便局へ電報を打ちに行った。勝手口から道路へ出るのに雪の階段を何段も造って表に出た。お向かいの家の庇まで雪は積もって道は庇と同じ高さだった。誰かが通った足跡が頼り、足を入れるとぐぐっと沈み、郵便局まで辿り着くのがやっとだった。

八百屋になぜか一把だけ残っていたほうれん草のありがたかったこと。

桐の木

「きりや」の前には細い桐の木が立っていた。同級生の奈保ちゃんの家は履物屋さんで「きりや」だった。

子供の頃、新しい下駄を買ってもらえるのは嬉しかった。並んだ色とりどりの鼻緒のなかから好きな鼻緒を選んで奈保ちゃんのお母さんに立ててもらうのだ。畳の店先で前掛けを膝の上に広げ、桐の下駄の台を筒のようなブラシでしゅっしゅっと磨くと「えこちゃんは甲高だから、このぐらいやろ」と言いながら立てた前緒を人差し指と中指の間にはさみ、きゅっと上へ持ち上げる。履いてみると平べったい鼻緒が柔らかい曲線を描いてふくらみ、足にやさしく触れ、気持ちがよかった。新しい靴を履く時、うまくフィットするかしらと不安で子供の頃の下駄の履き心地を思い出す。

いつも通る丘の道には桐の木があり、五月の終わり頃には紫色の鈴を集めたような花が咲く。いい香りがするらしいが運転しているので分らない。

　母の嫁入り道具の桐箪笥は母が亡くなった後、もったいなくて削ってもらい、金具を取り替えたら新しい箪笥に甦った。私が好きだった母の着物もそのまま入っている。深く軽い引出しを開けるといい匂いがする。この桐の木はどこの山辺に育ったのだろうか。私がいなくなっても仄かな匂いを抱き続けてくれるだろう。

母の手鏡

海の夕日を
カナカナが　ふるわせている
そばにいるのは妣《はは》だろうか

あやまって割ってしまった母の形見
鎌倉彫の手鏡は　壊れたまま
箪笥に仕舞われている

萩　桔梗《ききょう》　なでしこの揺れる帯やきもの
きめこまかくひとりの暮らしを
鮮やかに書き遺した日記と一緒に

ときには思い出しているだろうか
朝ごとの慎ましい母の身仕度
はからずも映してしまった
哀しみや憤りを

夢のなかに　母が置いていった水甕《みずがめ》
なにげない言葉が
ひとしずく　ひとしずく
やさしい音をひびかせて　落ちる

踏切

　中学二年の春休みだったろうか、一番上の姉が住んでいる山口県の下関へ行った。はじめての一人旅だった。関門海峡を渡れば九州。福岡には父の会社の出張所があり、父にも会いたくて福岡へ姉と一緒に行った。

　会社の近所に父の家があり、私の知らない家族が住んでいた。姉はその家族とも親しくしていて私には理解できなかった。漠然と感じていたことがはっきり事実と知り、いいようのない怒りと悲しみにふるえるようだった。父も姉も許せなかった。早く富山へ帰りたいと予定をはやめて帰ることにした。

　夜行列車に乗るとこらえていた涙があふれでた。母のことが気にかかり可哀想で胸がきりきりと痛んだ。汽車が踏切を通るたびにカンカンカンカンと警報音がして小さく流れるように音が消えてゆく。何度も何度もいくつもの踏切を通るたびに響いてきては消えてい

の序文、「黄金のロシアに、われも、あり」にエピグラフとして私の詩の二行、「黄昏は／神の睫毛」を使ってくださったことが信じられないほどうれしく、彼女にも図録を送っていたのだった。

とほうもないことに思えたこのことが、詩集の準備が進むにつれてだんだんと心に居座るようになった。お願いしないで後悔するより、だめもとで亀山先生に頼んでみることを決心し、おそるおそるお願いしたらすぐに、私でよければ喜んで書きましょうと引き受けてくださったのだった。詩集『星表の地図』は前詩集『岸辺に』を編集してくださった藤井一乃さん（富山中部高校の同窓）に編集を、装幀を親しいデザイナー伊藤久恵さんにしてもらい思潮社から出版した。

亀山郁夫先生の身に余るお言葉、

「世界が、水滴のような「私」に感応してうち震える。脈うつノスタルジーと有限の生の悲しみ。不在の永遠性。百年の時の流れを一瞬のうちに呑みこむ自伝詩。この抒情の力はどこから？」を帯に頂いて。

詩集『星表の地図』は二〇二一年の現代詩人賞、日本詩人クラブ賞の候補になったことも信じられないよろこびとなった。

そして、その年の第十五回北陸現代詩人賞大賞を受賞したことは生涯忘れられない。

奨励賞は大橋英人さんの『パスタの羅んぶ』、三谷風子さんの『ワタシ・ミュージアム』だった。

選考委員は荒川洋治氏、川上明日夫氏、今村秀子氏。

選考委員長　荒川洋治氏の選評。


池田瑛子の『星表の地図』は回想と現在の時間をつなぎ、人生の新しい興趣を打ち出した。表現技法、構成面ともに、際立つ詩集である。さまざまな人たちのことばや姿を、静かに点滅させながら、潮がみちるように、独自の世界が生まれる。詩を中心にした精神の暦日が、柔らかなことばにこめられ、余韻も深い。大賞にふさわしい、すぐれた詩集である。


うれしいおおきな喜びをかみしめる日々だった。けれど、藤井さん、伊藤さんにも出席をお願いして楽しみにしていた二〇二一年五月二十二日の福井新聞社プレス21での贈賞式および記念パーティは、新型コロナウイルス感染拡大防止のため中止になってしまった。賞状と山野宏氏制作の美しいトロフィー、賞金がのちに郵送され届けられた。

多くの方々から心のこもった感想をいただき、励まされている。

歌曲集『月色の舟』

二〇二〇年　新型コロナウイルスにおびえながらの日常は経験のないものであった。そんななかで詩集を上梓するのはためらわれたけれど思いきって八月、第十三詩集『星表の地図』を出版した。その年、十一月の終わり、なかにしあかね先生（作曲家、神戸女学院大学音楽部教授）から思いもよらない嬉しいお手紙が届いた。一本の木にさまざまな花が咲いているイラスト、うつくしいお手紙をどきどきしながら読んだ。先生のお許しをいただいてここに写すと、

本日はお願いしたいことがございます。

三上道子さんというソプラノ歌手の方が来年のご自身のリサイタルのために、新作歌曲集をご依頼下さっているのですが、そのテーマが「光と影」なのだそうで、「でき

れば《影》《闇》などを含んだテキストで3曲程度の組曲を」とのご要望でした。そこで真っ先に思いうかびましたのが、以前に頂いておりました池田様の詩集でした。添付の3編が、仮で組んでみた歌曲集の構成です。組曲タイトルは、「幻の舟」の中から選んでみました。

このような詩組みで新作歌曲を書かせて頂くことを、お許し頂けますでしょうか？

また、タイトルに『月色の舟』ということばをお借りすることもご許可頂くこと、かないますでしょうか？

三上さんにこの詩組みの案をお見せしましたところ、「絵が浮かぶよう!!」と大変気に入って下さいました。詩の素晴らしさを汚さないよう、微力を尽くさせて頂く所存でございます。お許しを賜れましたら望外の喜びでございます。どうぞよろしくお願い申し上げます。……


という、もったいないような信じられないお手紙、ご丁寧なお言葉にも恐縮してしまい、しばらくはぼーっとしていた。そして添付してあった三篇の詩、「幻の舟」「夜の噴水」「オーロラ」の初出はどの詩集だろうと探した。それは二〇〇一年出版の第七詩集『母の家』所収の「幻の舟」「オーロラ」で、後に二〇〇六年に『池田瑛子詩集』に収録された。「夜

の噴水」は未刊詩篇として収録されている。

わたしは何もしていないのに、なにかとてつもないプレゼントをいただいたようで喜びをかみしめ、この恵みに感謝するばかりだった。

半年後の翌年、（二〇二一年）六月二日のお手紙、

『月色の舟』が仕上がり、ご依頼者であるソプラノの三上道子さんにお納めしました。結果的に詩の順番を入れ替え、冒頭に短いピアノのプロローグを置き、1・幻の舟 2・夜の噴水 3・オーロラという組曲となりました。池田様の言葉に導かれるように、音を紡がせていただきましたこと、改めて熱く御礼申し上げます。


「初演のコンサートは東京で来年の4月〜7月のご予定……」とあった。

コロナ禍のなか、ようやく決まったリサイタル。二〇二二年四月十六日、東京すみだトリフォニー小ホールにおける「三《み》上道子《かみみちこ》ソプラノリサイタル」で初演された。人数を制限しての開催。当日、会場の近くで待っている私にたまたま麻生直子さんから電話が入り、いま、東京に来ていて、リサイタル会場の近くに来ていると話すと、よく知っているホールよ、バスでこれから行くわと本当に来てくださったのだった。夫の代わりに招待券が生

かされ思いがけない嬉しい再会となった。

月色のドレスでの三上さん、その情感あふれる歌声に興奮して聴き入った。ひとつひとつ詩の言葉を大切に歌ってくださっていて、須江太郎《すえたろう》氏の華麗な深い響きのピアノとともに光と影が豊かな色彩に彩られてせまるようで魅了された。最後のオーロラが終わったとき、思わず、隣席のなかにしあかね先生と立ち上がってしまった。なかにしあかね先生はご夫妻でいらしていた。

今年、（二〇二三年）五月、カワイ出版より楽譜、歌曲集『月色の舟』が出版された。六月三日には仙台、宮城野区文化センターのパトナホールで作曲者なかにしあかね先生のピアノ、教え子の鈴木麻由子《すずきまゆこ》さんのソプラノで「月色の舟」が演奏された。わたしは一月に手術をして回復した夫と、北陸新幹線から、東北新幹線に乗り替え、初めて仙台へ行った。生涯、忘れられない旅となった。透明であたたかい歌声、作曲者自身の胸に迫るピアノ演奏、再び深い感動に包まれた。多くのこころが一心に耳を傾けるその雰囲気のなかで夫とともにいることが信じられなかった。ピアノを弾けない私に素晴らしい曲が与えられ、多くの方々に聴いていただけることに感謝するばかりである。

幻の舟

夢のなかに
鳥たちは帰ってきた
海を渡り
山々を越え
歳月を超えて

天空を翻すオーロラの炎
ヒマラヤの花の谷に咲くブルーポピー
原初の光も　青も
巡っていると

軋む装いを解いて
魂たちがよりそう月色の舟
舳先には風の水先案内

みえない櫂が漕ぎ出すだろう
深い祈りのたちこめる
古代の入り江へ
めぐり逢えない歌の方へ
涙ぐむ森に
曙のまなざしが触れないうちに

夜の噴水

こみあげるものを
あのようにあふれさせてはならない

壊れるために
うつくしいのだから
透明な音は

みんな聴かれてしまった
闇の中に
はずし忘れた
夜の耳飾り

オーロラ

いくつもの夕陽に溶け
いくつもの夜を遡り
いくつもの黎明を
超え
たかく
ふかく
宇宙のさざ波を切って

鶴の群れが翔ぶ
光と闇に磨かれた
つよい翼で
美しい意志《こころ》が連なってゆく

煌めき響きあう
聴こえない交響曲《シンフォニー》に彩られ
ゆるやかにゆらめく
水の惑星の愛の炎に
呼ばれているように

寂寞の光河に漂う
重い遊星から
遥かな天体へ
相関の炎が
瞬く

*

「禱」あとがきより

＊

越中国守で万葉歌人の大伴家持生誕千三百年を記念して世界の優れた詩人を顕彰する「大伴家持文学賞」を富山県が創設した。二〇一八年七月二十八日、記念式典が県民会館であり、第一回大伴家持文学賞を北アイルランドの詩人マイケル・ロングリー氏が受賞された。選考委員は富山県の高志の国文学館館長の中西進氏ほかエリス俊子、亀山郁夫、藤井省三、松浦寿輝、和田忠彦各氏。一九九一年に訪日され、『日本の天気』の詩集もある親日家のロングリー氏の詩情にみちた情熱的な講演。亀山郁夫、松浦寿輝、室井慈、山内マリコ各氏によるパネルディスカッション。東儀秀樹氏の篳篥の演奏もあり、魅了された。ロングリー氏の日本語に訳された詩集が多く出版されることを待望する。また、第

＊

一回高志の国詩歌賞は歌人山田航氏が受賞された。

ノーベル賞の朗報。生理医学賞の本庶佑氏。知人にもオプジーボで元気になられた方がおられ、多くのがん患者さんを救う素晴らしい研究に感銘を受けた。ご両親は富山出身で親族の方々の喜びも報道された。

中村薺《なづな》さんの詩集『かりがね点のある風景』（二〇一七年　私家版）が第五八回中日詩賞を受賞した。同人にも大きな喜びだ。

＊大伴家持生誕千三百年を記念して富山県が創設した大伴家持文学賞第一回受賞者。

＊

四月二日、目覚めると雪であった。この冬は暖冬で雪掻きはしなかったのに、四月の雪に驚いた。雪は梅の花に冠り、五分咲きの桜に降りそそいだ。

元号が『令和』と発表され、出典は万葉集からという。美しい響きの新しい元号。覚めやらない昨日の興奮を静めるように雪が降り続いた。

考案者は明らかにされないというが、考案者と噂される碩学・中西進氏は富山県高志の国文学館館長であり、そのユーモア溢れる感銘深いお話が聞け、温かいお人柄に接することのできるのも富山県民にはことのほか嬉しく、誇らしい。令和の時代が穏やかな時代であるように願う。早速、高志の国文学館へ行くと新元号「令和」記念コーナーで、典拠となった『万葉集』巻五「梅花の歌三十二首」序文より「初春の令月にして、気淑く風和ぎ……」が紹介されていた。四月十四日には中西館長が解説して「日本の美しい風土に限りない感謝と尊敬を持ちながら自分を美しくしたい、皆さんもぜひそうしてくださ い」と話をされた。

中村薺さんの詩集『かりがね点のある風景』が、中日詩賞と北陸現代詩人賞をダブル受賞した。心から祝意を表したい。

＊

夏がまだ帰らない九月八日、ＡＮＡクラウンプラザホテルで高志の国文学館友の会イベント「中西進館長とアフタヌーンティー」があり、参加した。

＊

館長との歓談、写真撮影など和やかで素晴らしいひとときであった。くじ引きがあり景品は色紙、錫のスプーンなど。出版されたばかりの『万葉集の詩性《ポエジー》――令和時代の心を読む』（二〇一九年　角川新書）の一冊が私に当たった。執筆者は中西進、池内紀、池澤夏樹、亀山郁夫、川合康三、高橋睦郎、松岡正剛、リービ英雄各氏。中西進氏の「三つの詩性」（「旧約聖書」のような、歌謡のような、近代詩歌のような）に教えられ、『万葉集』が苦手の私にも親しみやすい。亀山郁夫氏の「万葉集とわたし」にロシアで一九一二年に『万葉集』の二十四首が翻訳されていることを教わり驚いた。

館長と引網香月堂《ひきあみこうげつどう》のコラボで和菓子の制作実演もあり、

立山《たちやま》の雪し消《く》らしも
　延槻《はひつき》の川の渡瀬《わたりぜ》鐙《あぶみ》浸《つか》すも

振仰《ふりさ》けて若月《みかづき》見れば
　一目見し人の眉引《まよび》き思ほゆるかも

の二首。早月川の光る水しぶきと若い家持が見上げた三日月が濃い青紫の夜空に浮かぶ。和菓子が鮮やかな手つきから生まれ、その上品な美味しさにも息を呑んだ。

撫子

「いつか家持がゲーテのように
世界の人々に知られるようになるといいですねぇ」
隣りあった国文学者は
サラダに添えられた撫子の花を
すっと口へ運ばれた
「これは食べられるのですよ」
わたしも食べてみる
マイケル・ロングリー夫妻を囲む夕食会
大きな体格で物腰の優しい
ロングリー氏の翳る瞳
きのうの講演と朗読が

＊

また　波のように寄せてきて胸を打った
北アイルランドの詩人　マイケル・ロングリー氏
第一次世界大戦時に若き兵士だった父について
私の十一冊の詩集すべてに父が出てきます　と

ノース海峡からの風に吹かれたであろう
ロングリーの詩「戦没者の墓地」の撫子やルリハコベ

秋さらば見つつ思《しの》へと
妹《いも》が植ゑし屋前《やど》の石竹《なでしこ》咲きにけるかも

と万葉集に詠った家持
日本海に臨む富山湾の
いつも通る海辺の道に咲く撫子

時空を超え

小さな花たちが瞬く

＊

辻井喬さんが亡くなられた。二〇〇九年金沢での室生犀星生誕１２０年記念「犀星を読む　犀星を語る」で犀星の詩の分かりやすさと奥深さについて、「朗読を聞けばそれでほとんどが分かる、それはすばらしい特徴だけれど読み返すたびに奥が見えてくる。これが本当の詩の素晴らしさではないか。又、犀星の詩の一番の基のところに平安時代の梁塵秘抄があるのではないか」と、犀星と梁塵秘抄の共鳴し合う点や、いまひとつに「野生」がある、地べたに裸足で立っている子どもの「野生」があると指摘された。野生がなければクリエイティブな文学作品は創れないと。感銘深い講演を聞く機会に恵まれた。

二〇〇六年に富山県詩人協会設立一周年記念講演「今日における詩の在り方とは」で詩は人間の美しい能力をひきだす力であると話されたことが深く印象に残った。こちらの緊張をほぐすような声と、深い優しい雰囲気が蘇る。ご冥福をお祈りします。

池田瑛子詩集『岸辺に』に温かいお励ましを頂き感謝申し上げます。

＊

新湊博物館の所蔵品から見つかった江戸時代の望遠鏡が公開され見に行った。江戸後期から明治中期にかけて精度の高い望遠鏡を普及させた岩橋善兵衛《いわはしぜんべえ》（一七五六―一八一二）が制作したもの。直径九・六センチ、全長二九五・二センチ。紙上の写真で見た時よりずっと大きく感じた。文化五年（一八〇八年）と記してあり、黒塗りに金色の車形模様の装飾が美しい。当時の人はあの望遠鏡でどんな天体を見ていたのだろうと思っていたら、地球に似た惑星が七個も発見されたという。ＮＡＳＡが来年打ち上げるジェームズ・ウェッブ宇宙望遠鏡は何を映し出すのだろうか。

詩誌「午前」一一号に平林敏彦氏が執筆された「河合幸男詩集『空幻の花』の奇蹟、幻の悲歌を書いた少年とその時代」は戦争末期の厳しい時代背景と共に多感な少年と『空幻の花』（一九四六年　私家版）の出版経緯が浮き彫りになって迫ってくる。格調高い渾身のエッセイに深い感銘を受けた。（…詩壇から遠く離れた「詩苑」に多くのシンパサイザーがいたことも奇蹟的…）に大きな恵みに気づかされた。平林氏が『戦中戦後　詩的時代の証言』（二〇〇九

年　思潮社）で桑原武夫学芸賞を受賞された時、自分のことのように喜んでおられた亡き師に読んで頂きたかった。

初出一覧

I

忘れえぬ街　「ｓｏｍｅｔｈｉｎｇ」三三号　二〇二一年八月
雪山の夕映え　「禱」四一号　二〇一〇年十二月
父の贈り物　「ｓｏｍｅｔｈｉｎｇ」二六号　二〇一七年十二月
みくりが池　「禱」二四号　二〇〇二年五月
転ぶ音符　「禱」二六号　二〇〇三年五月
蓮池　「禱」三〇号　二〇〇五年六月
「こられ」　「禱」三五号　二〇〇七年十二月
三半規管よ　「禱」四四号　二〇一二年六月
温胎の時間　「富山新聞」一九八〇年一月二十八日
息づく四季と暮らし　「詩学」一九九九年十一月号
思索の厳しさ知る旅　「北日本新聞」一九九八年八月二十七日
薄羽蜉蝣　「禱」四五号　二〇一二年十一月
越中おわら節　「禱」五〇号　二〇一五年五月
節子さんの手仕事　「禱」五一号　二〇一五年十一月
近代巨匠絵画展を見て　「北日本新聞」一九八〇年十月七日
女体の深さに酔う　「北日本新聞」一九七八年五月十七日
海の耳へ　「禱」五四号　二〇一七年五月
坂道の恵み　「禱」五七号　二〇一七年十一月
黒部川　「禱」四〇号　二〇一〇年六月
出会いの神秘　「富山県広報誌「とやま」一九八八年七月（「あとがき」より）
トロッコ電車　「禱」五七号　二〇一八年十一月
歌の翼をもらって　初出不明

II

螢の庭　「Ｍｉｔｅ　Ｍｉｔｅ」六一号　二〇一九年七月
母の日記　「ｓｏｍｅｔｈｉｎｇ」四号　二〇〇六年十二月
浜昼顔　「北日本新聞」一九九一年五月三十一日
富山湾の海辺から　「ｓｏｍｅｔｈｉｎｇ」一〇号　二〇〇九年十二月

寝息	「禱」三二号　二〇〇六年六月
母を呼ぶ母の声	「禱」三三号　二〇〇六年十二月
遠い朝	「禱」三四号　二〇〇七年六月
老いた梅の木	「禱」三七号　二〇〇八年十二月
雪化粧	「禱」三八号　二〇〇九年六月
器量よし	「禱」三九号　二〇〇九年十二月
ラスヴェガス	「禱」四〇号　二〇一〇年六月
秋の椅子	「禱」二九号　二〇〇四年十一月
花火	「禱」二三号　二〇〇一年十一月
黒部の春	初出不明
小さな生命	「北日本新聞」　一九九一年十二月
かたくりの花	「北日本新聞」　一九九二年三月十九日
良子さんの讃美歌	「禱」四二号　二〇一一年六月
青の曲線	「禱」四六号　二〇一三年五月
解析	「禱」四七号　二〇一三年十一月
故郷の魔力	「禱」四八号　二〇一四年五月
過去の駅から	「禱」二五号　二〇〇二年十二月
先生の毒舌	「禱」四九号　二〇一四年十一月
父と火鉢	「禱」五二号　二〇一六年六月
三八の豪雪	「禱」五三号　二〇一六年十一月
桐の木	「禱」五六号　二〇一八年五月
踏切	「禱」五八号　二〇一九年五月
母の月	「禱」五九号　二〇一九年十一月
匂い立つ木々	「禱」六〇号　二〇二〇年六月
詩集『星表の地図』のこと	書き下ろし
歌曲集『月色の舟』	書き下ろし

＊

「禱」あとがきより	「禱」五七号　二〇一八年十一月、五八号　二〇一九年五月、五九号　二〇一九年十一月、四八号　二〇一四年五月、五四号　二〇一七年五月

詩篇目次

I

帰ってきた『獨樂』 14
黄昏 18
白鷺の慶事（根橋麻利 作） 22
躍る布袋 24
晩秋のみくりが池 29
サーカス 32
蓮池 37
道草 41
螢のみち 65
颪の盆 67
すずらん 80
蓮 83
橋 87
永瀬清子さんと黒部峡谷を行く 93
泳ぐ 96
岸辺に 99

II

螢 107
あいの風 110
母の家 II 115
青い炎 118

石黒信由さま　124
海王丸のいる風景　127
母の家　I　134
海辺　136
梅の木　142
春の道　146
たまの帰宅　150
秋の椅子　156
隅田の花火　160
夜の庭　173
らふらんす　179
射水線　過去の駅から　184
虹　189
縁側　193
炭籠　196
風鈴　197
母の手鏡　202
幻の舟　217
夜の噴水　218
オーロラ　219

＊

撫子　227

あとがき

　同人誌「禱」は二〇二〇年の六〇号で心ならずも終刊となりました。「禱」は五人の小さな詩誌でしたが、心のよりどころでもありました。「禱」に書かせていただいた詩は『母の家』（二〇〇一年　土曜美術社出版販売）、『岸辺に』（二〇一三年　思潮社）、『星表の地図』（二〇二三年　思潮社）と詩集にまとめてきました。

　エッセイ集は初めてです。「禱」には見開き二ページに「小文」という欄があり、同人五人の短いエッセイを載せていました。読み返してみるとこれまでのさまざまな日々が蘇り、エッセイ集としてまとめておきたいと思うようになりました。関連のある詩も入れ、あちこちに書いたエッセイや、新・日本現代詩文庫41『池田瑛子詩集』（二〇〇六年　土曜美術社出版販売）に収録のエッセイもいくつか再録しました。これが本になるだろうかと心配しましたが、土曜美術社出版販売社主の高木祐子様にアドバイスをいただき、［新］詩論・エッセイ文庫に加えていただくことになりました。

遠い日の風花のような文章ですが、誰かの心にとまることがあれば幸いです。

これまでの歳月を振り返り、身に余る多くの出会いに恵まれてきたことを幸せに思い、深く感謝いたしております。

温かく励ましてくださった高木祐子社主、未熟な文章の校正を引き受けてくださった宮野一世氏に厚く御礼申し上げます。ありがとうございました。

「禱」のみなさま、詩友のみなさま、読んでくださった方々に深く感謝いたします。

二〇二三年　秋

池田瑛子

著者略歴

池田瑛子（いけだ・えいこ）

一九三八年　富山県生まれ

詩集『風の祈り』（一九六三年　詩苑社）浜谷瑛子名義
『砂の花』（一九七一年　詩苑社）第8回萩野賞受賞
『遠い夏』（一九七七年　詩苑社）
日本現代女流詩人叢書30『池田瑛子詩集』（一九八三年　芸風書院）
『嘆きの橋』（一九八六年　詩苑社）
詩画集『駟』（一九九〇年　能登印刷）松原敏、川上明日夫、砂川公子と共著
北陸現代詩人シリーズ『思惟の稜線』（一九九五年　能登印刷出版部）
『母の家』（二〇〇一年　土曜美術社出版販売）
詩画集『秋の記憶』（二〇〇四年　美研インターナショナル）画・日下義彦、英訳・河合美穂子
新・日本現代詩文庫41『池田瑛子詩集』（二〇〇六年　土曜美術社出版販売）
『縄文の櫛』（二〇〇八年　文芸社）
『岸辺に』（二〇一三年　思潮社）
『池田瑛子詩撰』（二〇一五年　草子舎）
『星表の地図』（二〇二〇年　思潮社）第15回北陸現代詩人賞受賞
北日本新聞文化功労賞受賞（二〇一四年）
日本現代詩歌文学館評議委員　「禱」（二〇二〇年終刊）同人

所属　日本現代詩人会、日本詩人クラブ、日本文芸家協会、日本ペンクラブ、富山県詩人協会

現住所　〒九三三―〇二二八　富山県射水市堀岡明神新五三

［新］詩論・エッセイ文庫　27

歌《うた》の翼《つばさ》に

発　行　二〇二四年三月二十五日

著　者　池田瑛子
装　幀　高島鯉水子
発行者　高木祐子
発行所　土曜美術社出版販売
〒162-0813　東京都新宿区東五軒町三―一〇
電　話　〇三―五二二九―〇七三〇
ＦＡＸ　〇三―五二二九―〇七三二
振　替　〇〇一六〇―九―七五六九〇九
印刷・製本　モリモト印刷

ISBN978-4-8120-2821-6　C0195

った。窓外は真っ暗で泣くような警報音が身にしみた。こみあげてくる嗚咽が音とともに流れてゆくのだった。向かい側に座っている優しそうなおじさんの視線を気にしながら窓の外の暗闇を見ていた。涙はとまらなかった。

振り返ってみるとさまざまな悲しみも生きてきたあかしのようだ。

いまは新幹線ばかりであの踏切の警報機の音を聞かないが私の思い出の踏切ではときおり寂しい音を鳴らしている。

母の月

今年の中秋の名月も美しい月だった。中秋の名月にはいつも亡くなった母の声が甦る。子供の頃、実家の縁側で家の前の草叢からとってきた芒と母の手作りの白玉だんごを三方に供えた。「来られんか（いらっしゃい）ここへ来られんか」「見られんか（見てごらん）見られんか、いいお月さん出られたがいね」と私たちをさそい「「月々に月見る月は多けれど月見る月はこの月の月」やがいね。」とひとつ覚えのように毎年おなじことを言っていた。庭の木々の上の静かな月を見上げる、ただそれだけのことだったのに今も鮮やかに想い出す。

母が八十八歳で亡くなったのは一九九〇年十月だった。母が亡くなる日、もう意識もなく人工呼吸器でなんとか息をしているが、なかなか向うへ渡れないで辛そうだった。長い時間が経って、いつも傍についていてくれていた家政婦さんに奥さんは帰るところが気にかかっているのではないか……留守宅（母が独り住んでいた家）のお仏壇を開いてこられたら？と言われて私は夫に母を頼み車で実家へ急いだ。暗い真夜中の道は車一台通らず、冬のような冷気で道路は月光に白く照らされて浮き出ていた。二十分ほどの距離がとても遠かった。暗闇に沈んでいた家じゅうの電気をつけ、お仏壇を開けて燈明を点し母の床を延べて病院へ戻った。

母は息をひきとったところだった。

匂い立つ木々

その年はインフルエンザが流行って患者さんが多く多忙を極めた。田舎の小さな医院は家族も従業員で、私は受付やその他のことにも関わっていた。長男の小学校の受験が終わってほっとした私は四十度の高熱を出して寝込んでしまった。医者の不養生ではないが、遅まきながら診察した夫は驚いていつからこんなになったと顔色を変えた。息をしても胸が破れているような感じでうまく呼吸が出来なかった。病院へ行き診察してもらった。ある病気の疑いで、詳しく検査をすることになった。調べてみると、長く生きられそうもない。長女は四年生になっていて、子供ながらしっかりしていると思っていたが小学校に入ったばかりの息子はまだあどけなく、二人の子供たちを残してと思うと身を切られるようだった。もし私が死んでも夫の母は気丈なひとなので育ててもらえるだろうとは思った。死を覚悟した二週間。周りの見慣れた風景がこれほど心に染み入ったことはなかった。

庭の木々、ういういしい若葉の緑、光を浴びた樹木の佇まい、こんなに輝くようなところに生きていたのだとしみじみ感じた。光のいろ、道路沿いの草や、こぶし、屋根瓦の色、なにもかもが新鮮で音のない世界だった。それなりに一生懸命に生きてきたからこれでいいのではとも思った。

長い二週間が過ぎ、検査の結果は心配はいらないことになり、心臓のバイパスも必要なかった。あれから四十数年が過ぎた。いまでも四月になるとあのときの覚悟や心配とともに透明に輝いて見えた風景の色鮮やかな静寂が蘇る。

詩集『星表の地図』のこと

詩集『岸辺に』を出版してから七年が経ち、最後の詩集をまとめたいと思っていた。新型コロナウイルスが世界中にひろがるとは思っていなかった。

まだ、行動制限がない二〇二〇年一月、日本現代詩人会の新年会に久しぶりに出席した。その懇親会で偶然、白井知子さんと同じテーブルについた。白井さんは三十年前、私を詩誌「禱」に誘ってくださった方であり、かつての同人でもある。騒がしい雰囲気のなかで彼女はわたしに「池田さん、亀山先生に帯文を頂いて詩集をお出しになったら」と言われた。「えっ」と、きょとんとしていると「亀山郁夫先生よ」ともう一度。私は驚いて声を呑んだ。そんな大それたことを思ってもみなかった。それに私が詩集を出したいと思っていることを白井さんに言ってなかったので。それは『ロマンティック・ロシア』展の図録を彼女に送っていたからだった。亀山郁夫先生が『ロマンティク・ロシア』展の図録